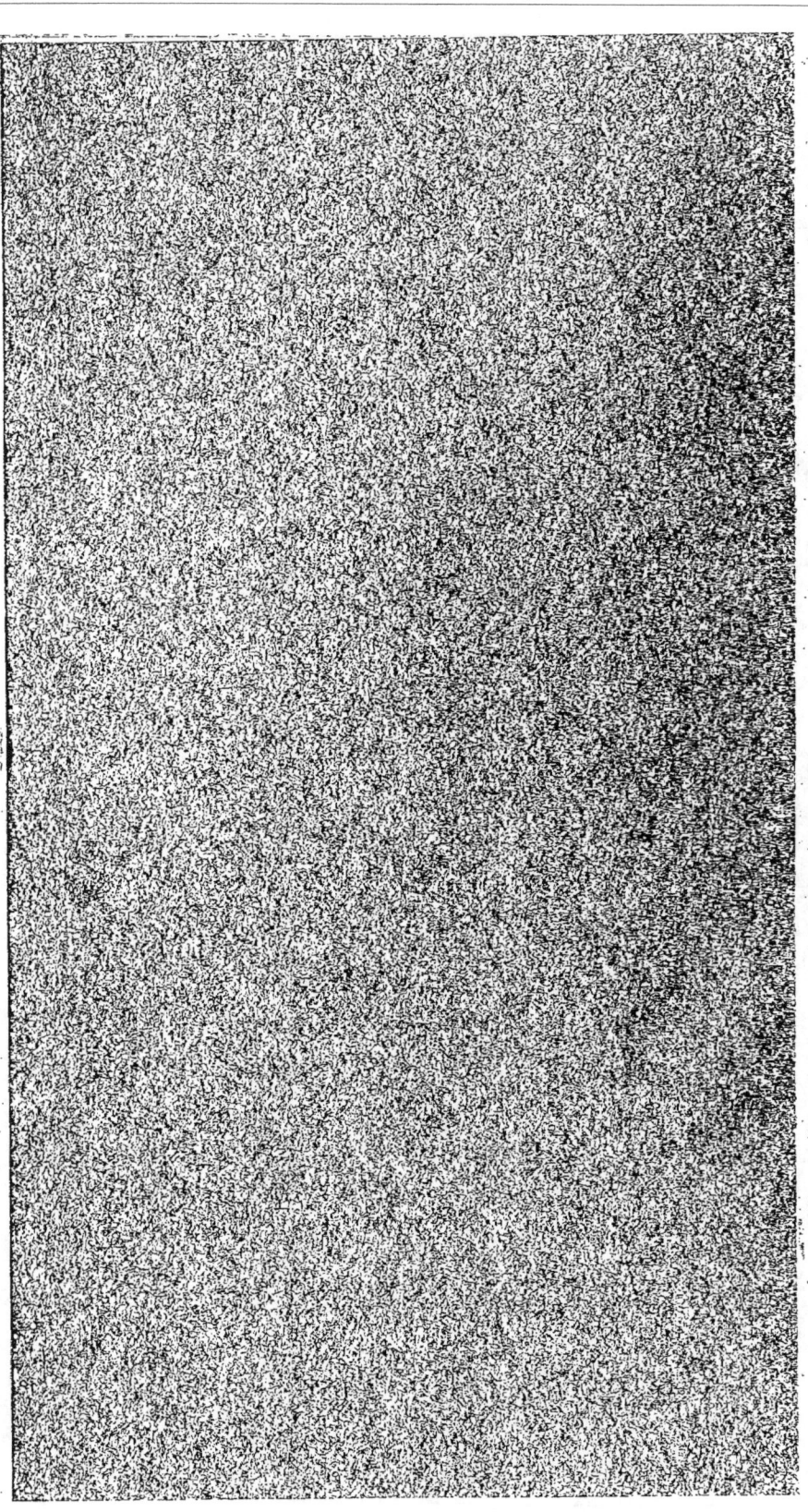

LA FOLIE

ESPAGNOLE.

TOME DEUXIÈME.

ŒUVRES DE PIGAULT-LEBRUN,

69 vol. in-12, avec figures.

Adélaïde de Méran, 4 vol.
Angélique et Jeanneton, 2 vol.
Barons de Felsheim (les) 4 vol.
Cent vingt jours (les) 4 vol. in-12, contenant
   quatre nouvelles, qui se vendent séparé-
   ment, Théodore, M. de Kinglin, Métusko,
   Adèle et d'Abligny.
Citateur (le) 2 vol.
Enfant du Carnaval (l') 3 vol.
Famille Luceval (la) 4 vol.
Folie Espagnole (la) 4 vol.
Garçon sans Souci (le) 2 vol.
Jérôme, 4 vol.
L'Homme à projets, 4 vol.
Mélanges littéraires et critiques, 2 vol.
Mon Oncle Thomas, 4 vol.
Monsieur Botte, 4 vol.
Monsieur de Roberville, 4 vol.
Nous le sommes tous, ou l'Egoïsme, 2 vol.
Officieux (l') 2 vol.
Tableaux de Société, 4 vol. portrait.
Théâtre et Poésies, 6 vol.
Une Macédoine, 4 vol.

Et la Vierge a conçue.

LA FOLIE
ESPAGNOLE,

PAR PIGAULT-LEBRUN,

MEMBRE DE LA SOCIÉTÉ PHILOTHECNIQUE.

QUATRIÈME ÉDITION.

Honni soit qui mal y pense.

TOME DEUXIÈME.

A PARIS,

CHEZ J.-N. BARBA, LIBRAIRE,

ÉDITEUR DES ŒUVRES DE PIGAULT-LEBRUN,

PALAIS-ROYAL, DERRIÈRE LE THÉATRE FRANÇAIS, N.º 51.

1820.

LA FOLIE
ESPAGNOLE.

SEMBLABLE à l'enfant prodigue, vous
avez fait, mon très-cher frère, toutes
les folies qui peuvent désoler un papa,
faire mourir une maman, et vous n'an-
noncez encore ni le repentir, ni même
du penchant à la repentance. Il faut
donc éclairer votre esprit, purifier
votre cœur par la vertu de la parole,
et vous ramener aux vrais principes
dont vous vous êtes écarté. Etablis-
sons ces principes, discutons-les l'un
après l'autre, et soyons court et clair,
si nous pouvons.

L'art d'être aussi heureux que notre

nature en est susceptible, se réduit à quatre choses :

1°. Discerner prudemment ce que notre intérêt et celui de la société nous ordonnent ou nous défendent;

2°. Être assez courageux pour lui obéir, quelques obstacles qu'on ait à surmonter;

3°. Préférer l'honnête à l'utile;

4°. Mettre un frein à ses désirs.

Divisons donc notre sujet, ainsi que le bon sens l'indique, et traitons en quatre points de la *prudence*, de la *force*, de la *justice* et de la *tempérance*, quatre vertus que vous n'avez pas pratiquées du tout, quoiqu'elles valent bien les vertus théologales, qui sont, ainsi que vous le savez, ou comme vous ne le savez pas, la foi, l'espérance et la charité, vertus qui ont pu faire des saints, et qui n'ont formé que de petits hommes.

PREMIER POINT.

La prudence est l'art de choisir. On est prudent lorsque de plusieurs objets on sait discerner celui qui mérite la préférence. La prudence a deux emplois ; elle éclaire l'intelligence et règle la volonté. Elle tient l'esprit en garde contre les préjugés et la précipitation. Fort de cet appui, il ne donne aux objets qu'on lui propose que le degré d'adhésion proportionné à leur degré de certitude. Il croit fermement ceux qui sont évidens, il range ceux qui ne le sont pas dans la classe des probabilités ; mais si le merveilleux s'y joint, il devient moins crédule, il commence à douter, il se défie des charmes de l'illusion.

Les loix de la prudence sont un peu moins sévères à l'égard de certaines actions. Le cœur n'attend pas, pour se résoudre, une évidence complète, mais il lui faut du moins des motifs probables pour se déterminer raisonnablement. Désirer des choses vraisemblablement contraires au bonheur, serait une imprudence préjudiciable; en désirer qui fussent contraires aux bonnes mœurs, en serait une criminelle, et ce qui est criminel ne peut manquer de devenir funeste.

C'est ainsi, mon cher frère, que je définis la prudence et ses effets. Vous ne connaissez pas l'une, et vous n'avez pu éprouver les autres.

La prudence vous eût rendu *circonspect*, et vous eût appris à vous défendre des sentimens dangereux ou nuisibles, d'autant plus difficiles à combattre, qu'ils tiennent de plus près à notre nature. Vous eussiez d'abord résisté à *l'orgueil*, qui naît de l'idée trop avantageuse que nous

nous faisons de nous-mêmes. Il ne faut donc, pour surmonter le penchant à l'orgueil, que s'apprécier soi-même avec justesse et précision, ce qui, je l'avoue, est assez difficile quand on tient soi-même la balance.

La prudence eût réglé *vos appétits corporels*, qu'il faut satisfaire, loin de les combattre, parce que nous les tenons de la nature, mais auxquels il faut donner des bornes. S'il est de la prudence de s'abstenir de ce que nous défend la droite raison, il est raisonnable aussi de satisfaire avec modération les besoins de tous nos organes, sans exception; mais tout ce qu'on donne au corps au-delà du besoin, est un excès qui le détruit. Les plaisirs même les plus doux, les plus vifs, deviennent par leur continuité un vrai supplice, auquel se joint le regret de se les être procurés.

L'avarice n'est pas votre défaut, vous n'êtes pas dans l'âge de l'*ambition*; mais la prudence vous garantira plus tard de deux vices qui, corrigés par une sage modération, redeviennent des affections innocentes. L'or ou l'argent étant une conséquence d'une convention générale, est devenu le signe représentatif de tous les objets de besoin ou de plaisir. Il n'est pas plus criminel de désirer de l'or, que les choses même qu'il nous procure. L'homme de bien n'accumule jamais, il sait jouir; mais il s'applaudit en ajoutant, par son industrie, quelque chose de plus au bien - être d'une épouse douce et sensible, à celui d'enfans dociles et reconnaissans.

Il y a deux sortes d'*ambitions*. La première inspire à l'homme qu'elle tourmente l'envie de parvenir à un rang élevé, ne lui permet de voir dans ce désir que la passion des grands cœurs, et lève tous les scrupules qui pourraient l'arrêter dans sa carrière. Tous les moyens lui conviennent, s'ils peuvent le conduire au but. La cause du crime même lui paraît si belle, qu'il est persuadé qu'elle en doit être l'excuse. Sa conscience parle-t-elle, il sait lui imposer silence. Quiconque se laisse ébranler par l'horreur du crime, ou n'était pas né ambitieux, ou ne l'est qu'à demi : ce n'est pas sur lui que tomberont les grâces et les dignités.

L'homme de bien, qui sent ce qu'il vaut, peut avoir la louable ambition d'être utile à l'état; mais il est rare que l'état s'occupe de sa fortune. Il a les qualités nécessaires pour bien servir son gouvernement, mais il n'a pas la souplesse qui rampe sous les gens en place, et c'est-là le talent

essentiel, sans lequel on reste en
chemin.

C'est cette première sorte d'ambition qui fait les conquérans inhumains,
violateurs du droit des nations et de
la sainteté des traités, fléaux des étrangers, et tyrans de leurs sujets.

C'est elle qui fait de lâches magistrats vendus aux passions des grands,
trop faibles pour leur donner des
avis salutaires, assez injustes pour
prononcer sans discernement des arrêtés dictés par le despotisme, oppres-
seurs des peuples dont ils devraient
être le refuge.

Chose étonnante, mais vraie, on
n'a point une ambition démesurée
sans y joindre une extrême bassesse.
Avide de grandeurs, sans savoir ce
qui est véritablement grand, l'ambitieux rampe pour s'élever, à la ma-

nière des serpens, qui ne s'élancent qu'en foulant la terre de leur ventre.

La seconde espèce d'ambition, moins criminelle sans doute, est puérile et ridicule. Elle ne s'élève pas jusqu'à la brigue des rangs et des distinctions ; elle se borne à en affecter les manières, et à les copier comme elle peut.

Le vulgaire est si persuadé qu'il est de la dignité d'un grand d'être vain et arrogant, que lorsqu'un homme sorti du néant cherche à faire oublier son origine, il croit ne pouvoir mieux faire que de s'annoncer dans le monde par des fatuités. Il parvient à se donner un regard méprisant, un abord glacé, un ton tranchant, un sourire dédaigneux. Il veut avoir à sa table des troubadours et des moines ; il les met aux prises, il les raille, il les déconcerte, il ricane. Ce dernier genre d'ambition, mon cher frère, est au-dessous de vous, et que le grand saint Dominique vous préserve du premier!

La *circonspection dans les paroles* est encore fille de la prudence. Savoir maîtriser sa langue est une chose rare, mais nécessaire et bonne. On est déjà avancé dans cet art, lorsqu'on a commencé par régler ses pensées, ses désirs et ses sentimens, car la langue n'est que l'interprète de tout cela; mais tout n'est pas fait encore. Il est telles pensées, tels désirs, tels sentimens qui sont innocens tant qu'on les renferme en soi, et qui sont indécens et blâmables si on les publie.

Vous pouvez, sans que votre conscience en souffre, apprendre les déréglemens d'une femme dont on croit la conduite pure; vous êtes coupable si vous les divulguez.

Vous avez désiré savoir le secret de votre ami, et votre curiosité ne blesse pas votre honneur; il le serait si vous le révéliez.

La circonspection dans les paroles prévient la *médisance*, qu'il est nécessaire de bien définir.

Donner atteinte à la réputation de quelqu'un, en découvrant ses fautes ou ses vices secrets, est une action indifférente en elle-même. Elle est permise, quelquefois même nécessaire, s'il en résulte un bien pour la personne qu'on accuse, ou pour celles qu'on veut garantir. Sans doute on a raison d'informer un père de l'inconduite de son fils; un abbé, des déréglemens d'un moine vagabond; le gouvernement, des projets téméraires d'un factieux; le public, des noirceurs que médite un hypocrite respecté. Mais un trait malin décoché

sans motif contre un absent, un libelle
diffamatoire, sont des fautes graves
qu'on a sévèrement condamnées dans
tous les États policés.

La médisance, à l'aide de laquelle
on provoque l'attention dans les petites coteries, est moins dangereuse
sans doute; mais elle annonce la nl-
lité de celui qui désespère de se faire
autrement écouter; elle décèle la ri-
valité d'homme à homme, la jalousie
de femme à femme, l'orgueil insup-
portable de prétendre humilier des
gens ou médiocres ou faibles à la répartie. En ce cas la médisance rentre
dans la *raillerie piquante*, autre défaut que ne connaît pas l'homme circonspect dans ses paroles.

La raillerie blesse moins l'équité
naturelle et le droit des gens, que la
médisance, et la raison en est simple.
Celui qu'elle attaque est présent, et

à portée de se défendre; mais si elle est moins criminelle que la médisance, elle est peut-être plus offensante : elle attaque l'amour - propre, elle flétrit, elle déconcerte. Elle ajoute au chagrin qu'on éprouve d'être accusé d'un défaut, d'un travers ou d'une faiblesse, le dépit humiliant de n'avoir pas repoussé le trait piquant par un trait plus vif encore.

Cependant la raillerie n'est pas toujours un outrage, et si l'esprit et la prudence étaient toujours d'accord, la raillerie deviendrait aimable, car jamais un railleur n'est un sot. Mais loin que cette sorte d'esprit soit prudente et réservée, elle est ordinairement plus ou moins inconsidérée, en raison de sa promptitude et de sa fécondité. Sacrifier un bon mot, renoncer au plaisir de briller un moment, impossible, dût-on payer cet éclair de plaisir de la perte d'un ami, d'un bienfaiteur, d'un patron.

Interdire absolument la raillerie, ce serait, mon cher frère, mettre trop à l'aise les vices et les ridicules. La raillerie modérée est le sel de la conversation; ce sel est âcre si on le prodigue. Raillez, si votre humeur vous y porte, mais raillez avec prudence.

Respectez ceux que l'âge et le caractère mettent au-dessus de vous. C'est une imprudence odieuse que de railler un vieillard, un supérieur, un père.

Ménagez ceux qui sont au-dessous de vous. Votre supériorité leur imprime un respect timide, qui vous les livre sans défense. C'est attaquer avec trop d'avantage, c'est battre un homme nu et sans armes, c'est terrasser un enfant.

C'est peut-être entre égaux que la

raillerie est permise. Elle peut devenir alors un jeu d'esprit innocent, dont les chances variant sans cesse, amusent agréablement, si les forces sont à peu près égales, car il y a de la lâcheté à railler quelqu'un qui n'a pas reçu de la nature le don de la répartie.

L'indiscrétion dans les paroles est plus dangereuse encore que la médisance et la raillerie, et l'homme prudent et circonspect ne la connaît pas. Révéler le secret de quelqu'un, c'est disposer d'un bien dont on n'était pas le maître, c'est spolier un dépôt; et ce crime doit être irrémissible, parce qu'il est irrémédiable. Dissipez les fonds qu'on vous a donnés en garde, vous pouvez les rendre un jour; mais ferez-vous rentrer dans l'ombre du mystère un secret que vous aurez divulgué?

Recommander la discrétion à son

confident est inutile, s'il est prudent et circonspect; la recommander à un sot est aussi inutile. Quel fardeau qu'un secret pour un homme sans jugement! Croyez-moi, mon cher frère, gardez le vôtre vous-même; mais s'il vous importune et vous pèse, si vous le confiez à quelqu'un, ne soyez pas blessé que cet autre ne soit pas plus discret que vous.

Une rupture avec le dernier des hommes, avec le meilleur de vos amis, n'éteint pas l'obligation du secret: on n'a pas payé sa dette parce qu'on s'est brouillé avec son créancier; et quelle horrible perfidie que de tirer de la confiance ou de l'amitié, des armes qui favorisent un ressentiment souvent injuste et toujours vil! Un insensé peut rompre les nœuds les plus doux de la vie; rien ne le dispense de la droiture et de la bonne foi.

L'*homme licencieux*, mon cher frère, et qui a l'habitude de la licence, contracte celle de s'exprimer comme il pense, et ce défaut capital n'est devenu que trop commun. Ne croyez pas que je prétende exclure la galanterie de la conversation. Elle a ses expressions mystérieuses, qui embellissent jusqu'à l'idée du plaisir; elles le couvrent d'une gaze légère qui n'en dérobe pas les charmes, et qui en rend l'aspect supportable : cette langue est celle des hommes élevés; elle est la seule qu'on puisse se permettre devant les femmes, et elle serait déplacée ou inutile devant des vierges : il n'est pas dans les convenances de leur parler de ce qu'elles doivent ignorer.

Ce langage piquant ou dangereux selon le moment, ce langage circonspect, qui n'admet ni une expression sale, ni même indécente, a des bornes que lui ont fixé la bonne compagnie. Ce n'est qu'elle qui sait le parler; ce n'est que d'elle qu'on peut l'apprendre. Essayons de donner une idée de cette bonne compagnie si utile à connaître.

Écartons d'abord les gens grossiers, sans politesse, sans mœurs, sans délicatesse et sans goût; écartons encore les dévotes et les précieuses, les pédans et les fats, ce qui restera pourra former une société estimable. Ce sera une réunion de gens de bien, d'une humeur facile et liante, où la vertu, l'ordre et les bienséances seront toujours respectées. On y fera un fonds commun d'esprit, de gaîté, d'enjouement; la liberté y sera admise, la licence en sera exclue. On y trouvera quelquefois le plaisir, auquel commandera la sagesse.

Nous venons de traiter assez lon-

guement, mon cher frère, de la circonspection dans les paroles. Peut-être
avez-vous oublié ce que je vous ai
dit, et ce serait un malheur pour vous
qui avez besoin de vous corriger ; c'en
serait un autre pour moi qui me suis
donné la peine d'écrire, ce qui pourtant ne m'empêcherait pas de terminer
ce premier point sur la prudence, par
quelques réflexions sur la *circonspec-*
tion dans les actions.

Il ne suffit pas que la vertu soit dans
le cœur ; il faut la rendre visible, il
faut qu'elle répande sur toutes nos
actions un coloris si lumineux, qu'elles
ne soient point équivoques ; car les
hommes ne voient que notre extérieur, et c'est par nos actions qu'ils
jugent de nos sentimens ; c'est sur
le rapport de leurs sens qu'ils nous
pèsent et nous apprécient. Vous devez
donc, par intérêt et par devoir, ne

donner lieu à aucune idée qui nuise à votre réputation ; par intérêt, parce qu'ayant besoin sans cesse du secours de vos semblables, il vous importe de vous en faire estimer ; par devoir, parce qu'en effet tout être raisonnable doit contribuer à la perfection générale par une conduite qui fasse naître l'amour du bien.

Or, *l'exemple* est le moyen le plus sûr de produire cet effet, et c'est souvent le seul qu'ait l'homme privé. Tous n'ont pas le talent ou le loisir de faire des livres, des sermons ou des lois. Ce ne sont là d'ailleurs que des tableaux sans vie, qui remuent rarement le cœur.

L'exemple, au contraire, est un tableau vivant. Il peint la vertu en action, il communique l'impression qui l'anime, à tous les cœurs qui en sont les témoins ; et chacun peut donner

des exemples de vertu, s'il veut sincèrement être vertueux. Chacun peut,
dans le cercle qu'il occupe, éclairer,
vivifier ce qui l'approche. Un homme
monté au faîte des grandeurs répand
au loin ses influences salutaires, non
parce qu'il est plus lumineux que
l'homme de bien qui vit isolément,
mais parce que le rayon part d'un
lieu plus élevé.

La circonspection dans les actions
consiste surtout à respecter l'*honné-
teté publique*; c'est un devoir de rigueur que la société impose à tous
ses membres.

Vous serez époux un jour, et en cette
qualité vous aurez sur votre épouse
des droits qu'elle ne vous contestera
point; mais le temple où on vous les
aura donnés, n'est pas le lieu où il
vous est permis d'en jouir, et les té-

moins de votre engagement ne doivent pas l'être de vos caresses.

Respectez, recherchez la pudeur dans le sexe, et le sexe s'écartera rarement d'une vertu qui répand sur la volupté même le charme le plus attrayant.

Ne confondez pas cependant la pudeur avec la chasteté. La pudeur n'est qu'une vertu de bienséance, uniquement fondée sur l'honnêteté publique, et qui peut quelquefois être moins rigoureuse. La chasteté ne souffre aucune atteinte, et c'est là le caractère de la véritable vertu. La sincérité, par exemple, en est une; elle est toujours indispensable.

L'obscurité, la solitude dispensent de la pudeur, et ne dispensent pas de la chasteté. Mettez en général au nombre des actions sur lesquelles il convient d'étendre un voile épais, toutes celles que l'instinct naturel nous fait dérober au grand jour.

Voilà, mon cher frère, ce que j'avais à vous dire de la prudence. Passons maintenant au second point, où je traiterai de la force. Invoquez pour moi les lumières du Saint-Esprit par un *Veni Creator*, ou si vous avez plus de confiance dans madame sa belle-mère, dites un *Ave Maria*.

SECOND POINT.

Vous concevez bien, mon cher frère, que je n'entends par traiter ici de la force du corps. Il n'y a pas plus de vertu à être aussi fort que Samson, qu'à être aussi grand que Goliath. *La force* dont j'entends parler est cette noblesse de sentimens qui élève l'ame, et lui fait braver, quand il le faut, le danger, la douleur et l'adversité.

Or, quand faut-il se résoudre à

souffrir? c'est lorsque le mal est iné-
vitable, ou qu'il peut en résulter un
bien réel. Supporter un mal qu'on ne
saurait empêcher, c'est *patience;* s'exposer volontairement à souffrir dans
l'espoir d'un bien, c'est *courage.*

On peut réduire à quatre classes les
peines dont la vie est surchargée, et
qu'on ne supporte que par la patience.

1°. Les *maux naturels,* auxquels
nous assujétit notre organisation phy-
sique.

2°. Les maux dont une conduite
prudente et sage nous aurait garantis,
et que j'appellerai *châtimens.*

3°. Les maux qui exercent la cons-
tance de l'homme de bien, et que j'appellerai *persécutions.*

4°. Enfin les *contradictions* que nous
font sans cesse éprouver l'opposition
de sentimens, de mœurs et de caractères de ceux avec qui nous vivons.

Les

Les incommodités de l'enfance, les douleurs de l'enfantement, la perte de ceux qui nous sont chers, les infirmités et la mort, voilà, je crois, tous les maux naturels; les autres sont ou chimériques, ou les fruits de l'imprudence, du désordre, de la mollesse ou de l'intempérance.

De tous les maux naturels, il n'en est que deux qui exigent quelque fermeté d'ame, la mort des personnes qui nous sont chères, et la nôtre. Il ne faut pour combattre les autres qu'une vertu commune; peut-être n'en faut-il pas du tout.

Les maux de l'enfance s'oublient promptement, et vouloir persuader la patience à un petit être encore dépourvu de raison, serait la chose la plus absurde. D'ailleurs, qu'un enfant soit patient ou non, c'est, je crois, une chose fort indifférente pour l'homme fait.

Les douleurs de l'enfantement sont, dit-on, très-aiguës. Je me persuade qu'elles sont supportables, par l'exemple de tant de veuves qui se remarient, et par celui des bêtes, qui les souffrent patiemment.

Je ne trouve pas non plus les vieillards fort à plaindre, parce que leurs sensations s'affaiblissent à mesure que leurs infirmités s'accroissent, et que le plaisir de vivre encore les dédommage des peines de la vie.

Mais perdre un ami, un fils, un père, une épouse chérie, sont des coups violens qui attaquent, qui froissent, qui brisent le cœur, ce foyer de notre sensibilité. C'est contre ces coups qu'il faut rassembler toutes les forces de son ame : les plaintes, l'impatience seraient une faiblesse qui ne remédierait point à ce que vous souffrez déjà. Savoir souffrir, est un pas de plus vers la vertu; se résigner, en est un vers la raison. Songez d'ailleurs que les regrets, quelque violens qu'ils soient, vont toujours en faiblissant.

Les maux de la seconde classe, et que j'appelle *châtimens*, sont peut-être aussi des maux naturels, parce que la nature a voulu qu'ils devinssent la peine du déréglement des mœurs. Tels sont la perte des forces et de la santé, que produit l'intempérance, l'indigence, qui suit la prodigalité, l'ignominie, qui frappe une bassesse.

Tous les vices traînent après eux leur genre de punition. Le tyran qui se fait craindre, tremble à chaque instant pour lui-même; le père qui ne réprime pas le désordre de sa maison, est puni par l'inconduite de ses enfans; la coquetterie d'une mère passe dans le sang de sa fille, et sa

2 *

honte future rejaillira sur elle; celui qui trompe les hommes n'échappe point à sa conscience, et ses remords sont ses bourreaux.

Les amis de la vertu sont exposés aux *persécutions* : elles sont inévitables; ils doivent les attendre. Les richesses, les honneurs, les grands emplois, ne sont pas la dot de la vertu; c'est une vierge orpheline, abandonnée, méconnue et sans dot.

Cependant les gens vicieux, dont le monde fourmille, n'osent pas ouvertement proscrire la vertu; ils ne la combattent que par l'abus des mots; ils la persécutent en décorant les vices de ses livrées. Ainsi ils nomment imbécillité, la droiture et la bonne foi; lâcheté, le pardon des injures; pédantisme, la sage circonspection; le mépris de l'or, folie; la générosité, faiblesse. L'ambition, au

contraire, est une noble émulation;
la ruse et la perfidie sont de l'industrie
et de l'adresse; la duplicité est de la
politique; la dissimulation, de la prudence; l'emportement, vivacité; et la
férocité, bravoure. Leurs éloges sont
des outrages; gardez-vous de les mériter; on ne les obtient qu'aux dépens
de la probité.

Ils terniront votre gloire par d'in-
dignes calomnies. Applaudissez-vous
qu'on ne puisse vous attaquer que par
de fausses imputations. Ils vous tra-
duisent devant les tribunaux; la passion guide vos accusateurs et vos juges,
on vous condamne injustement. Vau-
drait-il mieux que vous fussiez coupable, et votre peine s'adoucirait-elle
par le remords?

La véritable force consiste à suivre
la vertu sans envisager le péril. Quel
qu'il soit, si c'est un mal, il devient

nécessaire, puisque vous ne pouvez l'éviter sans vous dégrader. Se lasser de souffrir pour la vertu, c'est approcher bien près du crime.

Ployez votre humeur aux *contradictions*. Autant la nature a répandu de variété sur les visages, autant elle en a mis dans les goûts et les caractères. Il est aussi fou d'exiger que toutes les humeurs se conforment à la vôtre, qu'il le serait de prétendre que tous les hommes prissent vos traits.

On n'imagine pas combien est borné le nombre de ceux qui s'étudient eux-mêmes, et travaillent à devenir meilleurs. On se pardonne tout, on ne passe rien aux autres; on voudrait réformer le genre humain, et on s'excepte de la réforme.

Quand tous les hommes aimeraient également la vertu, ils ne laisseraient pas de différer sur bien des points. Ils ne se copieraient pas dans les choses indifférentes, et en effet rien ne les y oblige. Supposons donc une société de gens de bien ; ils exerceront mutuellement leur patience. L'esprit fin et pénétrant supportera difficilement l'homme lourd et pesant ; la gaîté ne sympathisera pas avec la mélancolie, ni la vivacité avec la lenteur.

Vous êtes loin d'être parfait ; supportez donc les imperfections des autres, ou renoncez à leur indulgence. Fussiez-vous sans défauts, vous n'auriez pas le droit d'insulter à ceux qui en ont ; ce serait simplement une raison de les plaindre davantage.

Vous avez vu, mon cher frère, la nécessité de la patience ; passons maintenant à l'utilité du *courage*.

J'appelle *courage* cette vigueur de l'ame, qui fait exécuter des choses qui paraissent impossibles à des cœurs pusillanimes. Les obstacles sont en nous, ou nous sont étrangers : de là deux espèces de courage. L'un nous rend forts contre nous-mêmes, nous apprend à nous vaincre, et se nomme *grandeur d'ame;* l'autre agit au dehors, renverse les obstacles, les barrières, et se nomme *héroïsme.*

La grandeur d'ame ne consiste pas à négliger ses propres intérêts, mais à ne désirer que des biens solides et vrais. L'honnête homme a pour la félicité la même ardeur que le méchant, mais il connaît mieux les routes qui y conduisent. Si, sans blesser la pureté de ses mœurs, et la paix de sa conscience, qu'il met au-dessus de tout, il peut se procurer une vie aisée et tranquille, il la préférera sans doute à une existence accompagnée de revers, de vexations, d'opprobres et de souffrances; mais donnez-lui le choix d'une action vertueuse qui ruine sa fortune, et d'une action lucrative qui ruine sa vertu, son choix est fait, il n'hésitera point : il a de la grandeur d'ame.

La conformité de goût, d'esprit et de caractère eût établi une union inaltérable entre lui et une femme qui a disposé de sa main : il l'aime cependant, et s'il continue de la voir, il l'aimera davantage, et deviendra faible. Il n'a qu'un moyen de prévenir sa chute, moyen violent, pénible, c'est la fuite, et il s'y décide, parce qu'il a de la grandeur d'ame.

Il est dépositaire d'une riche succession, qu'un oncle, dont il se croyait l'héritier, le charge en mourant de remettre à un fils que la loi ne reconnaît point. S'il remet le dépôt, il est réduit à l'indigence; s'il le garde, on l'ignorera; mais il le saura, lui, et il fait son devoir, parce qu'il a de la grandeur d'ame.

Attaché sur un bûcher par des gens qui tuent des hommes sous prétexte de religion, on va le détacher s'il veut trahir ses sentimens et mentir à sa conscience. Ce qu'on exige de lui est pis encore que le mal qu'il va souffrir s'il refuse; il meurt avec sa grandeur d'ame.

L'*héroïsme* tient de très-près à cette dernière vertu. On n'est pas héros avec un cœur bas et rampant; mais l'héroïsme diffère de la simple grandeur d'ame, en ce qu'il est accompagné de ces vertus d'éclat qui excitent l'étonnement et l'admiration. Le héros, dans le sens déterminé par l'usage, est un homme *ferme* dans les difficultés, *intrépide* dans les périls, et *vaillant* dans les combats.

La fermeté et l'opiniâtreté ont quelques traits de ressemblance. L'opiniâtreté est un entêtement aveugle et soutenu pour un objet frivole ou injuste : elle est le partage d'un esprit sot ou méchant, ou méchant et sot à la fois, qui croirait sa gloire blessée s'il cédait, lorsqu'on lui prouve qu'il s'égare.

La fermeté, au contraire, est la résolution constante d'un homme sensé qui persiste dans un dessein juste et utile, en dépit des obstacles qu'il rencontre. L'honneur, la vertu, l'amour du bien public inspirent la fermeté.

L'*intrépidité* est une suite de la fermeté, mais elle en est indépendante. Eprouvée par les dangers et les privations, elle caractérise plus particulièrement le héros. Distinguons-la de la brutalité, qui peut produire les mêmes effets, mais qui ne part pas du même principe. Souvent l'intrépide et le furieux ne diffèrent que par la cause qui les anime. L'un sacrifie sa vie à des biens idéals, à des honneurs chimériques, à des riens qui méritent à peine d'être l'objet d'un désir ; l'autre au contraire, connaît le prix de son existence, les charmes du plaisir, et les douceurs du repos : il y renoncera pour affronter la mort, si la justice et son devoir l'ordonnent, mais il n'y renoncera qu'à ce prix.

La *vaillance*, qui proprement caractérise le héros, s'assoupit dans la société. Elle s'éveille sur les théâtres sanglans où le vulgaire a placé l'héroïsme. Il faut la chercher dans les camps, sous des murailles, dans les combats. Voyons si ces triomphateurs, décorés du nom de héros, sont dignes des éloges qu'on leur prodigue,

La valeur est sans doute une vertu d'un grand prix, puisque c'est elle qui exige les plus grands sacrifices.

Un jeune officier, du sein de l'abondance, des ris, des jeux, entend le son de la trompette guerrière; il se lève, il part, il vole aux combats. Amour, plaisirs, vous n'étiez pour lui que des délassemens frivoles; vous amusiez ses loisirs, vous ne remplissiez pas son cœur. C'est depuis qu'il vous a quittés, qu'il vit dans son élément......... Mais est - ce lui que je vois? La poussière, la sueur, le sang, la faim, la soif, les fatigues ont dénaturé ses traits; je ne le reconnais qu'à la vigueur de son bras, au brillant de ses exploits. Tout plie, tout cède à ses coups; la mort a remis dans ses mains ses droits et son arme homicide. Les bataillons ennemis sont d'impuissantes barrières; il les moissonne, il les renverse, ainsi que de faibles épis.

J'en conviendrai; c'est un héros, si l'honneur, le devoir, la justice l'ont armé; mais c'est un monstre odieux, si ces flots de sang ne sont versés que pour assouvir son avarice ou son ambition.

Puisque l'homme est méchant, la guerre est nécessaire; mais c'est un mal qu'aucun résultat heureux ne saurait compenser. Fille de la férocité, la guerre n'enfante que forfaits, meurtres, cruautés. Elle déchire le cœur des mères, des épouses, des amantes; elle dépeuple les provinces, ravage les campagnes, réduit les villes en poudre; elle déprave les mœurs, éteint le goût des beaux arts, et sur les ruines des vertus sociales, des sciences et des lettres, elle établit la grossièreté, l'ignorance et la barbarie.

C'est alors que l'inhumanité brille sous le nom de *bravoure* : on ne connaît plus de vertu que la soif du sang humain.

Le mépris de la vie n'est un mérite en soi qu'autant que le danger que l'on brave mène à une fin bonne et utile. Il est beau de mourir pour défendre sa patrie, son honneur, sa conscience ; mais il est honteux de mourir victime de ses passions, de ses desseins ambitieux, de son avidité sordide, de sa fureur vindicative.

Tâchez donc, mon cher frère, de n'être jamais un héros ; mais ayez cette force d'esprit qui constitue l'homme ferme, qui donne la vraie grandeur d'ame, qui fait supporter les maux et les persécutions, et passons au troisième point, pendant que je suis dans la chaleur de la composition.

TROISIÈME POINT.

J'ai divisé ce discours en quatre parties.

De la *prudence*.

De la *force*.

De la *justice*.

De la *tempérance*.

Nous en sommes à la *justice*, qui n'est pas l'objet le moins important de ce discours. La justice en général, est la vertu par laquelle nous rendons à nous et aux autres ce qui est dû à chacun : être juste de cette manière, ou vertueux, c'est la même chose.

Les qualités sociales sont fondées sur les liens qui unissent les hommes, l'amour, la subordination, la reconnaissance. La justice se défait de ces liens qui, loin de la rendre plus active, gênent ou empêchent son action. Ce n'est point par amitié, par bonté, par compassion que nous devons être justes; nous devons l'être, dussions-nous blesser nos plus douces affections; parce que la justice est un droit imprescriptible, sacré, que le dernier des étrangers a le droit de réclamer de nous.

On a distingué jusqu'ici deux sortes de justice, et nous suivrons cette distinction. L'une s'appelle *commutative* : elle est l'arbitre des différens qui s'élèvent de particulier à particulier. L'autre se nomme *distributive* : cette dernière est celle des souverains et des magistrats.

La droiture est la base de la justice commutative : elle réside dans la *sincérité* en paroles, et la *bonne foi* en traités. La sincérité inspire la confiance; la bonne foi la confirme et la maintient.

Si nous avions des ames dégagées

et indépendantes de la matière, l'une lirait au fond de l'autre, la pensée serait visible, la parole inutile, et la sincérité de nécessité absolue; mais lorsque la matière seule peut correspondre à la matière, il faut un organe qui en frappe un autre : la langue est le seul qui puisse remplir cet office; elle est coupable dès qu'elle est infidèle. L'homme faux ne s'excusera point par ces raffinemens, ces équivoques, ces subterfuges par lesquels il cherche à composer avec sa conscience. Il mentira lorsqu'il donnera volontairement lieu à autrui de croire vrai ce qu'il sait être faux, ou de croire faux ce qu'il sait être vrai.

La sincérité est d'une obligation si étroite, que nos anciens magistrats paraissaient ne pas douter qu'un accusé ne fût sincère, même contre lui. C'était un usage général de faire

affirmer à un accusé, avant de l'inter-
roger, qu'il répondrait selon la vérité.
On lui faisait donc l'honneur de sup-
poser qu'il pouvait bien, quoique
coupable du crime à lui imputé, être
encore assez homme de bien pour
déposer contre lui-même, au hasard
de perdre ignominieusement la vie;
et eût-on fait cette supposition avant
que nous fussions redevenus barbares,
si on n'eût pas jugé que la sincérité
est de droit naturel?

Cependant ce serment exigé était
une suite d'un principe reconnu, mais
dont l'application était fausse. Inter-
roger quelqu'un qui a un intérêt ma-
eur à mentir, c'est lui en fournir l'occasion, et le parjure n'est plus criminel que le mensonge, qu'en ce qu'il
est plus solennel.

La morale de la plupart des hommes
est facile en sincérité. On se permet

des mensonges officieux ; on ment pour ne pas blesser quelqu'un , pour obliger quelqu'un , pour disculper quelqu'un. On rit des mensonges badins , des historiettes controuvées. Un homme de bien s'amuse comme un autre, mais un homme de bien n'a jamais menti.

La calomnie n'est qu'un mensonge, et chacun poursuit un calomniateur. Ce n'est pas qu'on aime la vérité, la sincérité, la probité, c'est qu'on craint d'être à son tour la vicitime de la calomnie.

Un moyen sûr, et le seul qui soit de ne point calomnier, c'est de ne jamais médire.

Voulez-vous exiger avec raison de la sincérité dans les autres ? soyez vous-même sincère et véridique, vous aurez au moins le droit de vous plaindre.

La bonne foi n'a pas besoin d'être

définie. Elle est sentie par ceux qui en manquent ouvertement : ils voudraient que tous les hommes en eussent, pour les tromper plus aisément.

La bonne foi est tellement respectable, que le fripon le plus avéré n'ose la décrier. Il ne s'écarterait pas d'elle, si son misérable intérêt ne l'en détachait.

Ainsi des ministres imposteurs d'idoles muettes et sans vie, ont forgé des mystères, des prodiges, ont imaginé des indulgences, des dispenses, des expiations achetées à prix d'argent.

Ainsi l'amant adultère proteste à la femme qu'il convoite, que la sainteté du mariage est chimérique, et persuade à la sienne que ce nœud est sacré.

Ainsi le voleur public rejette, devant ses juges, ses attentats sur l'excès de

sa misère, et il sait que le travail l'en
eût garanti.

Ainsi le marchand qui laisse un faux
jour pratiqué à son magasin pour me
cacher les défauts de sa marchandise,
ne croit point blesser la bonne foi : il
ne m'oblige point à acheter.

Ainsi mon procureur désintéressé
n'exige que le paiement de ses écri-
tures ; il ne passe en compte ni ses
démarches, ni ses soins : a-t-il de la
bonne foi, s'il a écrit trois fois plus
qu'il ne fallait écrire ?

La manière de violer la bonne foi,
dont on rougit le moins, c'est d'em-
prunter, et de ne pas rendre. Aujour-
d'hui on entend dire de tous côtés
qu'on n'est pas fripon pour devoir.
On ne vole pas seulement en prenant le bien d'autrui, on vole en le
retenant.

Un débiteur ne possède en propre

que l'excédant de ses dettes : ce qu'il consomme au - delà , il le vole à ses créanciers. L'humanité lui permet de vivre, mais rien de plus; encore est-ce à condition qu'il travaillera sincèrement à se libérer.

La justice distributive est de première nécessité, parce que les quatre cinquièmes des hommes sont des fripons. C'est une digue qu'il a fallu opposer à leur rapacité, et qui serait inutile s'ils étaient équitables; mais la préférence qu'ils donnent à l'utile sur l'honnête, est la source de tant de procès injustes et de tant de forfaits !

Il a donc fallu, pour prévenir l'horrible confusion qui aurait agité et dissous la société, remonter aux lois éternelles de la justice, peser les contestations et punir les attentats.

Ce droit magnifique de distribuer la justice à tous, a été déféré à ceux d'entre les hommes qui avaient sur les autres une prééminence acquise et reconnue; la justice distributive a dû, dans les premiers temps, être l'apanage des souverains.

Plus chargés d'affaires à mesure que leur domination s'est plus étendue, ces souverains ont été forcés de remettre une partie de leurs droits entre les mains de magistrats subalternes, qu'ils ont investis d'une portion de leur autorité. Où les charges sont vénales, l'incapacité ralentit l'action de la justice, ou commet des erreurs; où les juges sont salariés, on ne peut exiger que leur présence. Ils écoutent ou non, comprennent ou non, leur vacation est gagnée.

Ceux-là jugeraient bien, qui ne désirant rien du côté de la fortune, accepteraient des fonctions pénibles par le seul désir d'être utiles aux hommes. Si

Si on ouvrait cette carrière à la plus noble émulation, se présenterait-il des candidats? J'en doute.

Quels que soient vos juges, respectez-les; ils sont vos arbitres. Sans eux, les crimes qui affligent la société se multiplieraient d'une manière effrayante. Ils ne font pas tout le bien qu'ils peuvent : tenez-leur compte de celui qu'ils opèrent, car peut-être en feriez-vous moins qu'eux.

Quels que vicieux que soient les liens qui unissent les membres d'une même société, gardez-vous de rien faire, de rien dire qui tendent à les rompre. Le temps peut amener des changemens heureux, parce qu'ils seront imperceptibles : la précipitation en ce cas ne produit que le chaos.

Supportez l'injustice qui vous frappera, et n'oubliez jamais qu'elle ne vous dispense pas d'être juste envers les autres.

Vous trouvez mon discours un peu long, mon cher frère; ne vous impatientez pas : j'en viens à mon quatrième point; mais redoublez d'attention, je vais vous parler des vertus que sans doute vous pratiquez le moins.

QUATRIÈME POINT.

La tempérance, dans son acception vague et générale, est la sage modération qui fixe dans de justes bornes nos désirs, nos sentimens, nos passions. Pour ne pas trop m'étendre, je lui donnerai ici une signification plus bornée; je la considérerai comme un frein qui contient nos penchans corporels, et qui, nous faisant éviter les excès opposés, rend ces penchans non-seulement innocens, mais utiles.

Les principaux vices que réprime

la tempérance, sont l'incontinence et
la gourmandise : les autres dérivent
tous de l'une ou l'autre de ces deux
sources, et par conséquent les deux
bases de la tempérance sont la *chasteté* et la *sobriété*.

La chasteté ne doit pas être con-
fondue avec la continence. On peut
être chaste sans être continent, comme
on peut être continent sans être chaste.
La pensée seule fait perdre la chasteté,
et ne suffit pas pour enfreindre la
continence. Tous les hommes sans
exception, doivent être chastes; nul
n'est obligé d'être continent.

La continence consiste à s'abstenir
des plaisirs de l'amour; la chasteté,
à ne jouir de ces plaisirs qu'autant
que la loi naturelle le permet, et de
la manière qu'elle le permet. La continence, bien que volontaire, n'a rien

3 *

d'estimable en elle - même; qualité
inutile ou nuisible à la société, elle
mérite plutôt le blâme que l'éloge.

Quiconque est conformé de manière à pouvoir procréer son semblable, a droit de le faire, et le doit.
Voilà la voix de la nature, et la nature
est au - dessus des institutions, ou des
motifs particuliers qui semblent devoir
lui imposer silence.

Il n'est donc pas de raisons qui obligent à une continence perpétuelle;
il en est qui la rendent utile, mais
pour un temps. Je m'explique. Il est
de droit naturel que chacun puisse
disposer du bien qui lui appartient en
propre; cependant la prudence veut
qu'un mineur, un furieux soient privés de l'exercice de ce droit, dont
ils abuseraient infailliblement : ainsi,
quoique le commerce entre les deux
sexes soit naturel, il est des circons-

tances où il peut être légitimement suspendu.

Il est bien, par exemple, qu'un enfant qui n'a pas encore le jugement formé, ne puisse, sans l'aveu de ses parens, contracter un engagement sérieux; il y aurait au contraire de l'inhumanité à l'abandonner à la témérité et à l'inconsidération naturelles à son âge; mais la continence est toujours un devoir pour lui.

Une jeune personne sous la tutelle d'un père avare, attend patiemment que son tuteur veuille bien lui remettre le bien de sa mère. Un jeune homme aimable se présente; sa tendresse et ses soins lui méritent le cœur de l'objet qu'il aime. Sa fortune et son rang ne permettent pas de douter que ses vues honorables ne soient encouragées par le tuteur. Il parle, il es refusé. Le père ne dé-

clare pas le motif de son refus; on
devine aisément qu'il est dicté par
l'avarice. Il prie le jeune homme de
cesser ses assiduités, et la difficulté
de se voir ajoute, selon l'usage, à
l'ardeur des jeunes amans. Ils prennent un parti qu'ils croient imman-
quable pour arracher le consentement
du père. Ce moyen ne réussit pas
auprès de lui. Dût l'ignominie de sa
fille rejaillir sur lui - même, ce père
s'emporte, éclate, et la condamne au
repentir et aux pleurs.

Auquel imputerons-nous le tort de
cette scène scandaleuse? A tous trois,
sans doute. Un père dur et injuste,
un amant qui séduit sa maîtresse, une
fille qui méprise l'autorité paternelle,
sont également coupables.

L'union de deux amans n'exige pas,
me dira-t-on, ce vain cérémonial auquel
on les assujétit. La loi naturelle ne veut

que le consentement libre des parties,
et je conviens de la vérité du principe;
mais la simplicité même de cette loi a
autorisé les législateurs à régler, par
des lois positives, la solennité des
mariages. Elles n'obligent, à la vérité,
que comme lois de police; mais les
lois de police obligent tous les membres
d'un état.

Vous sentirez la nécessité de celles-
ci, si vous réfléchissez combien il importe à la société que le mariage soit
un lien durable. C'est dans l'amour
conjugal que la tendresse parternelle
et maternelle prend sa source; c'est
cette tendresse qui assure l'existence,
l'éducation, le bien - être futur des
enfans. Que deviendraient-ils privés
de ces secours, et qui les leur offrirait,
si le mariage n'était qu'un engagement
passager? Les lois positives, en dé-
terminant la solennité des mariages,

secondent la loi naturelle, en assurant
sa durée. Le rendre plus authentique,
c'est le rendre plus difficile à dissou-
dre. On rompt aisément un engagement
secret et furtif; mais quelle force n'ac-
quiert pas un nœud contracté devant
des témoins respectables, cimenté par
la puissance paternelle, et consacré
par les lois de l'état?

Cependant deux jeunes gens, maîtres de leurs actions, vivent ensemble
sans tenir l'un à l'autre par d'autres
liens que ceux d'un amour constant.
La possibilité d'une rupture les alarme
sans cesse, et de cette crainte que
tempère la certitude d'être aimé, nais-
sent ces égards mutuels, ces soins,
ces complaisances qui alimentent leur
amour. Libres de se séparer, ils n'en
sont que plus unis. Ce qui est volontaire ne coûte rien; mais le plaisir
même fatigue lorsqu'il est un devoir.

Je conviens sans difficulté que l'union de ces amans n'a rien qui blesse la nature. C'est ainsi sans doute que se formaient les engagemens des premiers âges. Les amans consentaient à se prendre pour époux ; ils agissaient en conséquence, et ils l'étaient en effet : mais aujourd'hui que toutes les nations attachent, par considération d'état, une infamie à ces sortes d'unions, comment, si vous joignez l'estime à l'amour, proposerez - vous à l'objet qui vous les inspire, une association qui le déshonore? De quel front profiterez-vous de la loi qui vous autorise à reconnaître vos enfans naturels, lorsqu'il faudra déclarer, devant une assemblée de magistrats, que leur mère et vous, vivez dans le libertinage?

Mais combien sont plus coupables encore ces voluptueux inconstans qui n'aiment que pour jouir, et qui cessent

3 **

d'aimer quand ils ont joui; qui, semblables aux animaux, méconnaissent
l'objet qui concourait à leurs plaisirs,
et les fruits qui en résultent! La nature,
quelqu'indulgente qu'elle soit, proscrit
de semblables feux. Les unions qu'elle
forme ont une postérité pour objet,
et c'est ce que ces libertins décidés
craignent et évitent.

Quelqu'inexcusable que soit ce
honteux libertinage, ce n'est encore
qu'un léger égarement, comparé à l'a-
dultère. A l'excès d'incontinence et
de lubricité qu'il a de commun avec
les autres vices qui blessent la chasteté, l'adultère ajoute l'injustice, le
parjure et la perfidie.

L'épouse adultère est parjure en
ce qu'elle viole la foi jurée; injuste,
en ce qu'elle donne ou s'expose à
donner à son époux des enfans étrangers qui dépouilleront les enfans légi-

times; perfide, en ce qu'elle masque son impudicité, qu'elle entretient la confiance par des caresses feintes, dont l'air de vérité prouve une longue étude de la dissimulation, et la corruption la plus profonde.

Et son complice, croyez-vous que je l'excuse? Non. Cette femme fût peut-être restée vertueuse, si elle n'eût pas trouvé un suborneur; mais eût-elle été elle-même la corruptrice, le compagnon de ses désordres est criminel comme elle, car c'est commettre un crime que d'y concourir.

Cependant, par une inconcevable perversité, l'adultère passe communément pour une galanterie excusable. Un tas de gens sans mœurs en font gloire, loin d'en rougir; et les gens sans mœurs pullulant, dominant dans la société, on les écoute, on leur applaudit. Mais les brigands se glo-

rifient aussi de leurs forfaits; et lorsqu'il est question de prononcer sur
l'énormité d'un crime, est - ce donc
le criminel même qu'il convient de
consulter ?

La *sobriété* consiste dans l'usage
modéré des alimens, et dans le bon
usage des richesses; celui - ci est au
moral ce que le premier est au phy-
sique : de l'un dépend la conservation
de la santé, de l'autre la conservation
de la vertu.

Pour inspirer aux jeunes Lacédé-
moniens le goût de la sobriété, on
amenait devant eux des esclaves qu'on
avait exprès enivrés, et ce honteux
abrutissement, dont l'ivresse est accompagnée, faisait sur des organes
neufs une impression profonde. On
n'est plus réduit à se servir de ce
moyen bizarre. Beaucoup de nos con-
citoyens de toute espèce et de tout

état, prennent très-volontiers le rôle des esclaves de Sparte. Vous les voyez énervés, débiles, perclus, passer leur vie à boire et à dormir. Vous les rencontrez sans connaissance, sans pouls, meurtris, livides et sanglans, les jambes fléchissantes, les bras sans action; et ces leçons vivantes sont sans effet, parce qu'elles sont trop fréquentes.

La nature a déterminé la quantité d'alimens que nous devons prendre, aller au-delà, c'est altérer sa santé, c'est abréger sa vie, et se détruire volontairement, c'est enfreindre la loi naturelle, qui veut que nous nous conservions.

La sobriété, ainsi que toute autre vertu, tient un milieu entre les deux extrémités opposées. Détruire son tempérament par des abstinences outrées, est aussi condamnable qu'abréger ses jours par l'excès de la bonne chère.

Celui qui prend un poison lent est-il moins homicide que le frénétique qui se poignarde, et si vous condamnez l'un, pourquoi ferez-vous grâce à l'autre?

La sobriété dans l'usage des richesses n'est pas plus commune que la première; mais l'abus est moins sensible, en ce qu'il n'altère pas l'extérieur d'une manière frappante : il est plus cruel peut-être dans ses effets.

Des différentes classes d'hommes riches, la plus raisonnable est composée de ceux qui, de père en fils, ont toujours maintenu leur aisance, et savent à peine s'il est quelqu'un qui manque du nécessaire. A la vérité, ils sont ordinairement insensibles à la misère d'autrui; mais c'est le seul reproche qu'on puisse leur faire, car enfin ce n'est pas un crime que d'être riche.

Ceux que la fortune change le plus, sont les nouveaux enrichis, qui semblent porter sur leur font le montant des sommes qu'ils possèdent. Leur fierté, leur hauteur, leur arrogance augmentent avec leurs richesses. Ce qui peut consoler l'honnête homme de leur impertinence, c'est que ces fortunes faites si rapidement fondent avec autant de rapidité.

Pour accumuler et dissiper des richesses immenses, il ne faut que deux générations. Le père amasse, le fils dépense; voilà le cours ordinaire des choses. C'est là ce qui facilite le commerce, ce qui fait circuler le bien des familles.

Souvent on se croit économe, parce qu'on n'est pas précisément prodigue. On ne se reproche pas ses dépenses frivoles, parce qu'elles n'excèdent pas le revenu, et que le fonds reste intact.

Soulager les malheureux n'est pas considéré comme un devoir; on ignore même que ce puisse être un plaisir.

Par quelle fatalité est-on moins disposé à secourir l'indigence selon qu'on en est plus éloigné par sa fortune? Les indigens obtiennent plus des êtres presqu'aussi indigens qu'eux, que des riches. Il semble qu'on ne compatisse qu'aux maux qu'on éprouve en partie. Je dis en partie, car un homme accablé de misère, épuise sur lui-même toute sa sensibilité, et l'excès du malheur rend aussi incapable de commisération, que le comble de la prospérité.

On appelle dans le monde se faire honneur de son bien, tenir une table splendide, avoir un hôtel, des meubles précieux, des bijoux de prix, un domestique nombreux, de brillans équipages; se livrer enfin aux jouissances du luxe autant qu'on le peut, sans déranger sa fortune. J'appelle, moi, se faire honneur de son bien, en user en homme sage, et surtout en homme bienfaisant.

Tels sont, mon cher frère, les résultats de mes réflexions sur la sagesse et sur les vertus isolées dont le rapprochement la constitue. Puissiez-vous profiter de cette leçon, que je crois salutaire dans toutes ses parties! c'est ce que je vous souhaite au nom du Père, du Fils et du Saint-Esprit. Amen.

Trufaldin arriva à Sarragosse sans s'en apercevoir; il répétait sur la route les parties de son discours qui devaient faire le plus d'effet sur son pupile; il essayait les intonations les plus nobles, et non les plus vraies; et le temps passe vîte pour un auteur que l'amour-propre enivre de ses fumées.

Trufaldin descend à un superbe palais que lui indique son guide; et lui, qui entendait parfaitement la sagesse par divisions et subdivisions, ne concevait pas qu'on pût, sans une obole, se loger aussi magnifiquement. Il entre; il est arrêté à chaque pas par des valets qui se multiplient de chambre en chambre, et il ne concevait pas qu'on pût se charger de nourrir tant de monde, sans avoir pour soi - même des moyens d'existence. Il arrive à la salle où Mendoce badinait avec une jeune esclave maure, jolie comme les amours, et il ne concevait pas comment on achète une jolie femme qu'on peut être forcé de revendre le lendemain.

C'est que Trufaldin n'avait pas une idée à lui; que sa fibre la plus heureusement organisée, était celle qui fournit à l'action que nous appelons

mémoire; que sa mémoire lui per-
suadait, ainsi qu'à tous les compila-
teurs, qu'il avait beaucoup d'esprit,
et qu'il en avait aussi peu que d'u-
sage du monde, qui expliquait ce
qu'il voyait.

Mendoce reconnut d'abord le com-
plaisant de son enfance et son indulgent instituteur. Sa présence lui rap-
pela mille souvenirs d'autant plus
agréables qu'ils étaient innocens. Il
laissa sa mauresque, se leva, et vint
avec cordialité jeter ses bras au cou
de Trufaldin. Trufaldin, qui s'était
préparé à jouer le maître d'école, ne
pouvait se prêter à des caresses qui ne
s'accordaient pas avec la sévérité d'un
sermonneur. Il écarta doucement Mendoce de la main, arrangea sa jaquette,
sa cravate et sa moustache, toussa,
cracha, et commença.

A peine eut-il articulé ces mots:

Semblable à l'enfant prodigue, vous avez fait, mon très-cher frère...........
à peine eut-il débité cette phrase, que la jolie esclave maure éclata de rire, ses filles suivantes rirent, ses valets rirent, et Mendoce prenant Trufaldin par un bras, et lui faisant faire une pirouette, rit à son tour, et s'écria, « Que vient me conter ce vieux roquentin ! — Je puis être un vieux roquentin, seigneur Mendoce; ce qui n'empêchera pas que mon discours en quatre parties ne soit très-raisonnable. — Garde tes prônes pour les prédicateurs qui voudront te les acheter. Je ne connais qu'une morale, jouir de la vie; qu'une occupation, jouir de la vie; qu'une chose utile, jouir de la vie. — Mais, mon très-cher fils, on se damne avec tout cela. — Qui te l'a dit? — L'Ecriture. — Qui l'a écrit? — Des hommes. — Et pourquoi ces hommes

auraient-ils plutôt raison que moi?
Mon cher Trufaldin, j'ai un estomac
pour digérer, des jambes pour courir,
un cœur pour aimer, et une imagination vive pour tout saisir, tout ca-
resser. — Ah! mon cher frère, semblable à l'enfant prodigue..... — Hé,
va te promener, avec ton enfant prodigue; tu n'as pas fait soixante milles
pour me parler uniquement de l'enfant prodigue. Au fait : que viens-tu
faire à Sarragosse? — Payer vos dettes,
méchant enfant que vous êtes.—Payer
mes dettes! Ah! cela vaut bien mieux
qu'un sermon. Un temps viendra sans
doute où il sera du bon ton de ne les
pas payer, mais ce temps est éloigné
encore : il faut ployer sous les préjugés du siècle où l'on vit. Vîte, qu'on
assemble mes créanciers ».

Ce mot fait un effet plus prompt
que le tocsin. En cinq minutes les

créanciers se rassemblent; on exa-
mine, on conteste leurs titres; on
caresse les uns, on intimide les autres : on gagne un quart sur le tout,
et les créanciers gagnent moitié sur
le reste.

Mendoce avait pris les fonds des
mains de Trufaldin; il avait payé lui-
même, il avait serré le surplus; sa
jolie mauresque s'applaudissait d'avoir
de l'or à dissiper; Mendoce était enchanté de pouvoir faire de nouvelles
folies, et Trufaldin ne concevait rien
à une joie qui lui paraissait sans
fondement.

Exact à remplir les missions dont
le chargeait le suzerain et maître le
comte d'Aran, il tira de son sein la
lettre qui était autrement énergique
que le sermon, et qu'il était impossible de ne pas lire, comme on avait

refusé d'écouter l'autre. Il la présenta respectueusement à Mendoce. « Ah, ah! mon père m'écrit; je le croyais brouillé avec moi : voyons ce qu'il me mande. « Vous vous êtes conduit comme un insensé............... J'en conviens. Je dois mettre ordre à vos déporte-mens.......... Hé, de quelle manière? Je me gêne pour payer vos dettes.... C'est bien paternel, assurément. Mais vous partirez sur l'heure........... Pour aller où? Vous, suivrez Trufaldin...... Cela n'est pas sûr. Il vous ramènera dans mon château............. L'agréable séjour! Et du consentement de votre mère........ Ah, ah! à quoi ma mère a-t-elle donc consenti? Je vous enfer-merai dans la tour du Nord.............. Diable! Où vous resterez le temps nécessaire pour reconnaître vos er-reurs; et malheur à vous si vous vous permettez de nouveaux écarts lorsque

mon indulgence vous aura rendu la
liberté »!

« Oh! bien certainement, je ne
partirai pas. — Mais, mon cher seigneur, la docilité filiale.... — N'exige
pas que je me constitue prisonnier.
— Mais votre père le veut ainsi.
— Mon père a tort de le vouloir ainsi.
— Mais...... — Trufaldin, tu m'en-
nuies. — Semblable à l'enfant prodigue......... — Vas-tu recommencer?
— Non, je renonce, puisque vous ne
voulez pas m'entendre, aux applaudissemens que vous m'eussiez pro-
digués si vous m'eussiez entendu : je
vais vous parler raison. Vous dépen-
dez de votre père; partez, puisqu'il le
veut. — Je ne partirai pas. — Hé, que
ferez-vous ici? de nouvelles dettes?
Je suis chargé de vous ôter le crédit.
— C'est égal, je ne partirai pas. — Hé,
de quoi vivrez-vous? — Je n'en sais
rien.

rien. — Flétrirez-vous la noblesse de votre origine, en escroquant le tiers et le quart? — Trufaldin! — Supporterez-vous la misère, vous qui avez l'habitude du superflu? — Peut-être. — Consentirez-vous à tenir votre existence de la générosité de vos égaux? — Jamais : quelle horreur! — Partons donc. — Pour la tour du Nord? — Vous y aurez le grand nécessaire, et j'y adoucirai votre sort en trichant un peu votre papa, et en vous administrant les secours spirituels si nécessaires aux malheureux. Semblable à l'enfant prodigue, vous avez fait, mon très-cher frère....... — Trufaldin, je vais t'assommer. — Je me tais, monseigneur.

Trufaldin se retire dans un coin, tremblant, selon sa coutume ordinaire. Mendoce délibère cinq minutes avec sa Silvia, et Silvia, qui est atta-

chée à Mendoce autant par inclination
que par intérêt, Silvia qui jouit d'une
sorte de considération à Sarragosse,
parce que les époux, les pères, les
amans lui doivent quinze jours de
repos, Silvia opine pour le départ,
parce que le prêtre-roi a des obligations au comte d'Aran, et qu'il pourrait fort bien sacrifier le fils par égard
pour le père.

Où ira-t-on? On n'en sait rien. De
quoi vivra-t-on? On ne s'en inquiète
guère. On congédie les valets, les ser-
vantes; on vend son mobilier, on fait
ses ballots, on ordonne au palefrenier qui reste de bâter trois mules,
et on se dispose à sortir gaîment de
Sarragosse. Qu'a-t-on à craindre? on
a de l'argent pour trois mois, si on
veut vivre économiquement; et trois
mois sont un siècle dont on ne peut
atteindre le terme.

Trufaldin, présent à ces arrange-mens, ne manqua pas de citer le passage de son discours qui avait un rapport direct à la circonstance. « Com-bien sont coupables les voluptueux inconstans, qui n'aiment que pour jouir, et qui cessent d'aimer quand la jouissance a amené la satiété........ — Pour la seconde et dernière fois, tais-toi, faquin : je veux courir les champs. — Je les courrai avec vous. — Pour instruire mon père? — Pour vous empêcher de faire des sottises majeures. — Tu te crois donc bien sûr de ton ascendant? — Pour vous aider au moins, vous consoler quand vous les aurez faites. — A la bonne heure. — Pour vous servir, puisque vous avez renvoyé vos valets. — Soit. — Je me perds dans l'esprit du comte d'Aran. — C'est clair. — Mais il viendra un temps où vous

pourrez me dédommager de mes sacrifices..... — Je n'y manquerai pas :
en attendant, si mon père, instruit
par d'autres ou par toi, envoie ses
hommes d'armes sur mes traces, avant
qu'ils s'assurent de ma personne, je
t'ouvre le crâne de ma hache, et tu
iras prêcher chez les morts. Voilà le
traité que je te propose, accepte-le
si tu veux ».

Trufaldin accepta sans balancer,
non qu'il eût envie d'observer le traité
dans tous ses points, mais il était
timoré, et incapable de s'opposer ouvertement aux projets de l'étourdi et
fougueux Mendoce. Or, puisque le
jeune homme partait, que pouvait-il
faire de mieux que de le suivre? Il est
certain que ses remontrances pouvaient être utiles, et qu'au moins le
comte d'Aran aurait quelquefois des
nouvelles de son fils. Trufaldin, en

paraissant se détacher de ses intérêts,
n'avait voulu que s'assurer la confiance
du jeune homme. Cependant la me-
nace d'être envoyé prêcher les morts,
avait opéré quelques changemens dans
ses idées. Il écrivit en cachette une
belle lettre au papa, où il lui prouvait
par divisions et par subdivisions, que
les voyages formeraient bien autant
son fils que le séjour de la tour du
Nord; que la misère qu'il éprouverait
sans doute, ferait plus d'effet que ce
qu'on pouvait lui dire de plus beau
sur l'économie; que las de souffrir,
il soupirerait pour la maison paternelle, et se croirait enfin trop heureux d'y rentrer : et pour éviter que
l'apparition subite des hommes d'armes n'autorisât Mendoce à jouer de la
hache, Trufaldin se garda de donner
aucun renseignement sur le chemin
que prendrait le jeune homme. Ayant

accordé ainsi sa sûreté personnelle
avec son devoir, il attendit l'occasion
de faire remettre son épître.

Quand il fut sorti de Sarragosse, et
un peu avancé dans la campagne,
Trufaldin essaya indirectement une
dernière tentative. « L'affreux pays !
— Superbe, Trufaldin. — Superbe !
des rochers, des ronces, des précipices, des torrens ! — Rien de pitto-
resque comme cela. — Arrêtés à chaque pas.... — Cela exerce la patience.
— Accablés de fatigue..... — L'exercice fortifie le corps. — Et la signora,
comment supportera-t-elle cela ?........
— L'amour fait tout supporter. — Et
quand il s'éteint ? — On se quitte ».
Allons, dit Trufaldin entre ses dents,
je ne ferai jamais rien de cet homme-
là, il se moque de tout.

Comme on marchait à l'aventure,

on se trouva bientôt dans des bois tellement fourrés, qu'on n'avançait plus qu'en coupant ou en arrachant les broussailles, dans lesquelles les mules entraient jusqu'au ventre. «Vous avez beau dire, dit Trufaldin, jamais vous ne vous accommoderez de ce genre de vie-là. — Vie délicieuse. — Fastidieuse, périlleuse, calamiteuse. — Des entreprises hardies, des aventures piquantes, des plaisirs variés, les plus heureux souvenirs. — Ils seront beaux, nos souvenirs! des dangers, des combats, des gourmades : un jour, couchés sur la dure. — Le lendemain, sur le duvet. — Chassés d'un côté. — Accueillis de l'autre. — Ici un mari jaloux. — On le brave. — Plus loin, des maures à pourfendre. — Oh! rien n'est gai comme cela. — Je veux que le diable m'emporte si je vois là rien de plaisant. — Je n'y

vois rien que d'enchanteur. — Ah ça,
écoutez donc, les chevaliers errans
déjeûnent quelquefois. — Et font dé-
jeûner leurs dames, et n'oublient pas
leurs écuyers ».

Aussitôt Mendoce étale sur l'herbe
des provisions assez copieuses, et
comme on oublie assez facilement les
distinctions au sein d'une nature sau-
vage, le palefrenier, le précepteur,
le chevalier et la dame s'assirent sans
façon autour d'une cuisse de chevreuil,
et n'en laissèrent que les os. En mangeant et en digérant, Trufaldin faisait
de nouvelles réflexions. Il pensait que
le nom d'*Aran* était tellement connu
dans le royaume d'Aragon, que le
vieux comte serait tôt ou tard informé
des lieux où son cher fils faisait le
vagabond, qu'il ne manquerait pas de
mettre des hommes d'armes à sa poursuite, et que lui, innocent envers

Mendoce, n'en serait pas moins exposé au tranchant de sa hache. Or,
comme le sentiment de sa conservation est celui qui agit plus fortement
sur un poltron, Trufaldin reprit la
parole : « Il me vient une idée. —
Et laquelle ? — Vous ne voulez pas
retourner au château ? — J'ai pris
mon parti, et certainement je n'en
changerai pas. — Vous ne voulez pas
non plus être obligé de batailler avec
les soldats du comte ? — Ce serait ma
dernière ressource. — Hé bien, il
faut changer de nom. — Tu pourrais
bien avoir raison. — Vous serez un
jeune chevalier échappé des fers des
Sarrasins. — Des Sarrasins ! — Oui,
du romanesque : cela frappe l'esprit,
cela intéresse. — A la bonne heure.
— Il ne s'agit plus que de trouver un
nom prépondérant, un nom qui en
impose......... Almanzor, par exemple.

-4**

— Almanzor, soit. — Et toi? — Oh!
je veux continuer de me nommer Trufaldin : ce nom-là n'est ni fameux,
ni connu. Mon habit est moitié ecclé-
siastique, moitié séculier; je serai
votre chapelain : et la signora Silvia,
qu'en ferons-nous? — Hé parbleu,
ce sera la belle Roxane, la sultane
favorite du soudan d'Égypte, qui aura
favorisé mon évasion, et que j'aurai
épousé par reconnaissance. Ainsi nous
pourrons coucher ensemble sans scan-
daliser personne; et le plaisir de faire
un roman, de tromper la bonne foi
des uns, de mettre en défaut la finesse
des autres, oh! cela sera charmant,
délicieux »!

On remballe les dames-jeannes, les
petits couteaux et les fourchettes de
fer; on remonte sur les mules, et le
palefrenier en avant, continue d'ouvrir le passage la hache à la main.

La journée se passe gaîment; sur le soir, on découvre un ermitage bâti sur le haut d'un rocher, et on se décide à demander le couvert au saint ermite, et à partager avec lui ce qu'on a encore de provisions. On tourne autour de la roche, on découvre un étroit sentier taillé dans la pierre, on y fait grimper les mules, au hasard de rouler avec elles dans les précipices. Fait-on un faux pas, on rit; la sultane est-elle obligée de s'accrocher, pour avancer, à la jaquette de Trufaldin, on rit; reculent-ils six pas après en avoir fait péniblement deux, on rit. On arrive, excédé de fatigue, hors d'haleine, trempé de sueur, à la porte du bon ermite, et on y arrive en riant. La belle chose que l'insouciance!

Le bon ermite était à genoux devant une image de saint Pacôme;

il détourna un peu la tête à l'arrivée des bruyans voyageurs; il leur fit un signe léger de la main, et continua sa prière. « Voyez, disait Trufaldin, ce que c'est que l'amour du devoir, rien ne détourne ce saint homme du sien, ni la beauté de la sultane, ni votre habit doré, ni ma mine vénérable. Prenez exemple, et profitez, seigneur Almanzor.»

Le seigneur Almanzor tourne le dos au prédicateur, qui pour passer le temps, se met à prier avec l'ermite; il prend la main de la belle Roxane, parcourt avec elle l'ermitage, et fait en deux minutes l'inventaire des lieux. Une tête de mort sur un prie-dieu, un grand crucifix pendu au mur, un grabat assez propre d'ailleurs, et où on peut fort bien coucher deux; plus, un jardin garni d'assez beaux fruits, au fond duquel est une petite grotte où on a juché l'image de la Vierge, et derrière laquelle sont placés au frais le lait, le beurre, les œufs, et quelques outres pleines d'un vin vieux, destiné sans doute à fortifier l'estomac du vieillard.

Il s'avançait vers Almanzor et Roxane d'un air serein et calme, lorsqu'ils sortirent de la grotte : « Vous cherchez un asile, leur dit-il, et j'ai bien peu à vous offrir; disposez de l'offrande de la pauvreté pénitente : Dieu me récompensera demain, il ne laissera pas manquer son serviteur. Voyez, disait Trufaldin, ce que c'est que l'amour de l'humanité; vous n'avez jamais fait part aux malheureux de votre superflu, et le saint homme se prive pour vous du nécessaire : prenez exemple, et profitez ». Et pour passer le temps, il fit un tour de jardin, et cueillit les plus beaux fruits.

Mendoce remercie poliment l'a-
nachorète; et comme il sent que ses
provisions pourront lui être nécessaires le lendemain, il accepte avec
cordialité ce qu'on lui offre avec fran-
chise. Le lait, le beurre, les œufs,
les plus beaux fruits, le meilleur vin,
passent de main en main, et arrivent
en un clin d'œil à l'oratoire, où on
avait pratiqué une petite cheminée. La
sultane du soudan d'Egypte prend une
mauvaise poêle, et la nettoie; Mendoce
casse les œufs, Trufaldin ramasse des
brins de bois sec, et fait du feu;
l'ermite conduit le palefrenier et les
mules à un endroit écarté, où la roche
forme un toit naturel; ils les déchar-
gent des ballots, et leur donnent ce
qui reste d'orge à l'ermitage.

Quand l'anachorète rentre, le souper
se trouve prêt; chacun se dispose à
y faire fête. Mendoce invite son hôte

à partager un festin dont il fait seul les frais : « C'est jour de jeûne, répond l'ermite ; je resterai près de vous, et en vous regardant manger, je me mortifierai davantage. Voyez, disait Trufaldin, comme l'homme de bien est toujours maître de lui-même; le bon frère n'a rien pris depuis dîner, demain les fidèles ne lui apporteront rien peut-être, et il remplit ses obligations sans rien prévoir que le témoignage d'une conscience pure : prenez exemple, et profitez ». Et pour passer le temps, Trufaldin se mit à manger comme deux, et à boire à l'avenant.

Les autres, qui avaient aussi bon appétit, expédièrent promptement les provisions de l'ermite. Ce ne fût pas cependant sans s'interrompre quelquefois pour répondre aux questions assez naturelles du frère, sur le ha-

sard qui les avait conduits à l'ermitage, sur leur naissance, leur état,
leurs aventures. Mendoce improvisa
une histoire très-courte, très-claire,
très-variée et très-satisfaisante, et après
avoir trompé la simplicité de l'ermite,
il ne pensa plus qu'au coucher.

La politesse voulait qu'il refusât
le grabat que l'ermite voulait-absolu-
ment lui céder; mais comment laisser
coucher à terre une sultane favorite
qui a beaucoup fatigué le jour, et qui
probablement fatiguera autant le lendemain? Tout fut arrêté, ainsi qu'il
suit, par le bon frère. Le chevalier
Almanzor et la digne épouse qui a
sauvé un chrétien, occupent le grabat;
Trufaldin et le palefrenier s'étendent
à côté d'eux sur de la paille fraîche;
et l'ermite, à qui ses hôtes n'ont pas
donné le temps de dire ses offices du
soir, se retire auprès des mules pour

les garder, et passer le reste de la nuit en prières : « Prenez exemple, disait Trufaldin en s'endormant; prenez exemple, et profitez ».

Quand on a beaucoup marché et qu'on a l'estomac garni, on dort profondément et long-temps. Il était grand jour quand Trufaldin se réveilla. Il étend les bras, se frotte les yeux, tire le palefrenier par une jambe; et comme ils n'avaient pas eu le temps de se déshabiller, ils sont aussitôt prêts que debout. Ils laissent reposer les époux pendant qu'ils vont préparer les mules, et relever le saint ermite, qui doit avoir souffert de la fraîcheur de la nuit. Ils arrivent, et le palefrenier se frotte les yeux une seconde fois, parce qu'il ne voit pas ses mules. Trufaldin ne doute pas que l'ermite, qui dort à terre, ne les ait laissé échapper; il s'approche pour l'éveiller : c'est en effet la robe de l'ermite, mais le frère n'est plus dedans. Près de la robe, sont quelques toiles de ballots, les provisions de bouche, la guitare de Trufaldin et celle de Mendoce, une paire de castagnettes à mademoiselle Silvia; mais l'or, l'argent, les effets précieux, tout est parti avec les mules et l'ermite.

Trufaldin tombe d'abord dans un état de stupeur naturel à un homme vulgaire que frappe un coup inattendu; il lève les yeux au ciel, il serre les dents, il bat ses cuisses de ses mains, il trépigne, et tout-à-coup il prend sa course vers l'ermitage, et le palefrenier, machine passive, le suit en imitant ses gestes convulsifs.

« Nous sommes volés, nous sommes volés! s'écrie Trufaldin en entrant dans l'oratoire. Ce fripon, que je croyais un saint, a employé la nuit à nous dévaliser, au lieu de la passer en prière ». Almanzor et Roxane se réveillent en sursaut, se mettent sur le derrière comme deux singes, regardent, écoutent, et Trufaldin leur crie de nouveau aux oreilles : « Ce fripon, que je croyais un saint, a employé la nuit à nous dévaliser »! Bah! dit Silvia. Diable! reprend Mendoce. Diable! bah! réplique Trufaldin; est-ce ainsi qu'on se détache des biens de ce monde? Levez-vous, seigneur chevalier, prenez votre flamberge et votre hache d'armes, et courez après le voleur. — Hé! où veux-tu que je l'aille chercher? il connaît le pays, et nous ne pouvons faire quatre pas sans arrêter. Allons, prêche donc, vieux rhéteur. Rien ne détourne ce saint personnage de son devoir........ Il se prive pour vous du nécessaire...... Il va passer la nuit dans le jeûne et

l'oraison........ Prenez exemple, et profitez. Hé, parbleu, profite toi-même,
et apprends que les vertus exagérées
ne peuvent être sincères. La perfection n'est point le partage de l'homme,
et celui qui en prend l'extérieur ne
peut être qu'un fripon ou un char-
latan. Oh ça, ce drôle-là a-t-il en
effet tout emporté? — Il a laissé
quelques lambeaux de toile, le pâté
de sanglier, des guitares, des castagnettes............ — Il a laissé tout cela?
— C'est bien heureux, n'est-il pas
vrai? — Trop heureux, sur mon
honneur; et peut-on manquer de quelque chose avec ces effets précieux?
— Croyez-moi, seigneur, retournons
au château; la sultane favorite du
soudan d'Egypte pourra être reçue
parmi les suivantes de votre mère;
vous en serez quitte pour un séjour
d'un mois ou deux dans la tour du

Nord, et cela sera infiniment plus doux que les hasards que vous pourriez courir. — Retourner au château, quand je suis sans ressources, donner lieu à mon père de croire que la misère et non le devoir me ramène auprès de lui! Ton conseil n'a pas le sens commun. — Mais, que voulez-vous faire? — Je n'en sais rien, mais nous verrons. — Vous verrez, vous verrez... Mais il faut voir tout de suite. — Rien ne presse, mon ami : nous avons un pâté de sanglier. — Quelques andouillettes........ — Ah, ah! — Plus, les outres pleines de vin, qui sont cachées derrière la statue de la Vierge. — Avec tout cela on a le temps de tenir conseil; nous sommes ici à l'abri de la pluie et de la chaleur; nous ne craignons pas les voleurs, puisque nous n'avons plus rien : déjeûnons, et délibérons ».

Trufaldin apporte le pâté en grondant; le palefrenier va prendre du vin sous les jupons de la sainte Vierge; on se met à table, on mange, on boit, on chante, on rit, comme si on était sûr du lendemain : Trufaldin seul, Trufaldin dévot, et par suite gourmand, faisait la grimace. Conseil privé du chevalier, il ouvrit mille avis qui tendaient tous à s'assurer une existence honnête et paisible; le palefrenier opinait de la tête, et appuyait les ouvertures de Trufaldin; Silvia, vive, légère, inconsidérée, très-attachée à Mendoce, qui était fort aimable, se trouvait bien avec lui, dans un palais, dans un ermitage; elle ne l'eût pas quitté dans un désert : elle attendait donc qu'il lui plût de prononcer, pour se ranger de son avis, et Mendoce prononça :

« Comme ton saint ermite nous

a volé beaucoup au-delà de la valeur de sa bicoque, la bicoque nous appartient de droit. — Après, dit Trufaldin. — Nous resterons ici jusqu'à ce que nous ayons fait les dispositions nécessaires pour le projet que je vais vous communiquer. — Soit. — Les fidèles qui apporteront les offrandes à Dieu, les consacreraient en effet au diable, puisque l'ermite est un escroc : or, les choses ne changeront pas de destination quand nous nous les serons appropriées. — Mais vous n'avez pas l'air d'un ermite, et on ne vous donnera rien. — Je vais t'en donner l'air. Tu endosseras la robe du papelard ; tu as son maintien réservé, pieux, la manie de parler de vertus que tu ne connus jamais, et en te faisant une barbe des cheveux du palefrenier, le déguisement sera parfait. — Vîte, vîte, au projet, car

je ne veux pas jouer éternellement
l'ermite. — Pendant que tu occu-
peras l'oratoire, que tu amuseras les
imbécilles, en regardant le ciel de
travers, Silvia et moi, nous nous oc-
cuperons utilement. — Oui, à faire
de petits ermites, peut-être? Mais
observez donc qu'on ne peut passer
toute la journée à jouer à ce jeu-là.
— Hé! laisse-moi donc parler, bavard
impitoyable. — J'écoute. — Avec nos
morceaux de toile, Silvia nous fait des
habits longs et des toques, et moi,
assis à côté d'elle, j'écris les vers
qu'elle m'inspire. — Et à quoi cela
mènera-t-il? — Je me fais troubadour.
— Autre idée biscornue. — Pas tant,
pas tant. Nous vivons honorablement
d'un talent recherché partout; il n'est
pas de château où nous ne soyons
accueillis, considérés, et nous offri-
rons aux seigneurs châtelains un as-
semblage

semblage de talens, tels qu'aucune troupe de troubadours n'en a présenté encore. Tu sais parfaitement le plain-chant, tu mettras mes vers en musique. J'ai une haute-contre passable, toi, une très-belle basse-taille, Silvia, un dessus précieux; nous pinçons fort bien de la guitare : en faut-il plus pour vivre heureux et indépendans ? Voilà, mon ami, voilà comme l'homme que n'affecte rien, brave la misère, l'écarte, jouit du présent, et se moque de l'avenir. Prends exemple à ton tour, et profite ».

« — Quoi, sérieusement, vous voulez vous faire troubadour ? — Très-sérieusement. — Le fils d'un seigneur, propriétaire de trente lieues à la ronde? — Le fils d'un seigneur peut n'être qu'un sot, et celui qui vit honorablement de ses talens est toujours recommandable. Prends exemple, et

profite. — Mais...... — Quoi? — Vous
ne serez pas troubadour toute votre
vie. — Je ne sais pas même si je le serai
dans huit jours : ne me romps pas la
tête davantage, et obéis. — Mais.... »
Ici Mendoce lève le bras d'une manière
si expressive, que Trufaldin court,
passe la robe, coupe les cheveux du
palefrenier, se barbouille de miel le
bas de la figure, se colle une longue
barbe, et se montre devant le patron,
qui lui rit au nez, qui le plante à
genoux devant le prie-dieu, lui met
un rosaire à la main, et lui ordonne
d'attendre les chalands dans cette at-
titude, et passe, avec sa sultane, dans
la grotte du jardin.

Pendant que Silvia taille et coud,
Almanzor enlève la seconde écorce
d'un cerisier, il arrache une des pointes
de la couronne de fer de la sainte
Vierge, et il laisse couler ses vers :

ROMANCE.

Sur la tombe d'Isidore
L'amitié jette des fleurs ;
Au trop malheureux Zamore
Elle donne aussi des pleurs.
Tous deux jeunes, tous deux tendres,
Devaient-ils sitôt mourir ?
Honorons au moins leurs cendres,
Et gardons leur souvenir.

Ce fut un cruel roi maure
Qui jadis donna le jour
A la sensible Isidore,
Victime d'un triste amour.
Sans fortune et sans naissance,
Zamore n'avait qu'un cœur :
C'est bien peu pour l'espérance,
C'est beaucoup pour le bonheur.

L'amante savait se taire,
Et l'amant savait jouir :
Le voile heureux du mystère
Embellit jusqu'au plaisir.
Au sein d'une nuit profonde
Le roi maure les surprit ;
Bonheur passe comme l'onde,
Et le malheur lui survit.

5 *

L'infortunée Isidore
Fuit de rochers en rochers ;
Le tendre amant qu'elle adore
La soutient dans les dangers ;
Mais le père outré de rage,
Paraît avec ses soldats ;
Nos amans perdent courage,
Un torrent retient leurs pas.

L'œil effrayé d'Isidore
En sonde la profondeur ;
Cet œil revient sur Zamore,
Et sur son père en fureur.
Elle hésite..... elle s'écrie :
Rien ne peut nous secourir ;
Pour toi seul j'aimais la vie,
Te perdre est plus que mourir.

Les bras de la tendre amante
Presse l'amant qu'elle aimait,
Et sur sa bouche brûlante
Sa bouche encor s'attachait.....
Ces déplorables victimes
Du roc s'élancent enfin ;
L'onde entr'ouvre ses abîmes.....
Ils terminent leur destin.

En ce temps-là on aimait les longues chansons qui voulaient dire quelque chose, témoins la romance de Geneviève de Brabant, de Joseph, du Mauvais Riche et autres, qui heureusement ont été recueillies dans le *Cantique* de Marseille, gros volume *in-octavo*, que personne ne lit plus, et dont les chansons pourtant sont bien aussi insignifiantes que celles qu'on fait tous les jours avec des *roses* fraîchement *écloses*, des *soupirs* doux comme *zéphir*, des *flámes* qui brûlent les *ámes*, de très-innocentes *beautés*, et des torrens de *voluptés*. Chaque siècle a son goût : on voulait des choses alors, aujourd'hui on se contente de mots, pourvu qu'ils soient mis en roulades, avec un accompagnement de timbales : *benè sit*.

Quoi qu'il en soit, les vers de Mendoce, qui n'étaient pas très-mau-

vais pour des vers du douzième siècle,
ses vers l'étonnèrent à un point, le
transportèrent tellement qu'il se leva
comme un inspiré, une main sur le
front et l'autre sur le cœur, qu'il
courut à l'oratoire pour faire passer
sa verve dans les veines de Trufaldin, et lui faire produire à la minute
un chant digne d'accompagner ses
paroles.

Pauvre Trufaldin! il était dans un
embarras tout autre que celui de la
composition. Le père d'une petite fille
charmante, à qui l'ermite qu'il représentait avait fait pieusement un
enfant, vengeait à grands coups de
bâton l'honneur de sa famille outra-
gée. Le palefrenier, effrayé de la vivacité de l'attaque, avait pris la
fuite, et ne reparut plus; ce qui était
assez égal à Mendoce, car enfin,
quand on n'a plus de mules, on n'a

plus besoin de palefrenier, et son état présent ne lui permettait pas de garder des bouches inutiles. Il n'en était pas ainsi de Trufaldin, qui devait mettre ses vers en musique, les chanter avec lui, et aider à la sultane à faire la cuisine, quand il faudrait dîner en plein champ. Mendoce, outré de la manière dont on traitait son camarade en Apollon, prit le paysan par un bras, l'envoya à l'autre bout de l'oratoire, et sentait une forte démangeaison de le rosser; mais Trufaldin lui représenta que le cas s'ébruiterait, que les paysans des environs viendraient tomber sur l'ermitage et les ermites, et qu'il aimait mieux pardonner les coups qu'il avait reçus, que de se voir exposé à être échiné tout-à-fait. Pour la première fois, Mendoce écouta cette remontrance pleine de sens, et commença

à parlementer avec le paysan. A peine
a-t-il commencé le récit du tour perfide que leur a joué le véritable ermite,
qu'une jeune fille, jolie comme un
ange, et la taille rondelette, entre, le
petit panier au bras, dans lequel est
le fromage à la crême. Le père, indi-
gné que sa fille reparaisse à l'ermitage
malgré ses défenses, n'écoute plus le
troubadour, et tombe sur elle; Mendoce tombe sur lui; le futur de la
petite, qui avait promis de tout oublier, et qui l'épiait, entre, et tombe
sur elle; quatre à cinq femmes qui ap-
portaient leur offrande, s'indignent
que les pères et les maris trouvent
mauvais que les ermites fassent des
enfans, et elles tombent sur le père et
sur le futur; on se mêle, on se pince,
on se mord, on s'égratigne; la sultane, qui accourt au bruit, est ren-
versée d'un soufflet de jambon qui

était destiné au papa. Une autre femme s'embarrasse dans sa cotte, tombe
sur elle ; et une seconde sur celle-
là ; elles saisissent les paysans aux
jambes, les entraînent après elles, et
les paysans entraînent après eux ce
qui reste de femmes debout. On se
bat sur le carreau ; toutes les cottes
sont en l'air. L'une découvre une
jambe, une autre sa cuisse ; celle-ci
son devant, celle-là son derrière. Mendoce riait aux éclats, et rirait peut-être
encore, s'il n'eût pensé que sa sultane,
qui était dessous, allait être suffo-
quée ; mais comment la tirer d'entre
sept à huit personnes accrochées les
unes dans les autres ? Il se fait aider
par Trufaldin ; ils apportent une
grande jarre pleine d'eau, et la vi-
dent sur les combattans. On se relève,
on s'écrie, on se disperse ; on renverse, en fuyant, prie-dieu, crucifix,

5 **

têtes de morts et rosaires ; en deux
secondes il ne reste sur le champ de
bataille que le bénitier, les deux
paysans, les deux troubadours et la
sultane. Toutes les femmes ont dis-
paru, et ont pris la route du jardin.
Mendoce regarde, et ne voit personne:
cependant le jardin est petit, pas de
grands arbres, et la grotte est sans
profondeur. La frayeur leur a-t-elle
fait sauter le rocher qui domine à pic
sur un précipice effroyable. Mendoce
monte sur un cerisier planté sur le
bord de la roche; il avance bravement
le long d'une forte branche qui
s'étend au-dessus du précipice; il regarde, et ne voit rien. « Allons, dit-il
en descendant, elles sont parties par
la voie des airs ». Cela aurait été
croyable, si les ballons eussent été
inventés.

Trufaldin, qui s'embarrassait fort

peu de ce qu'étaient devenues ces
femmes, et qui ne se souciait plus de
jouer à l'ermite, avait été reprendre
ses habits, et faisait tranquillement sa
toilette au pied de la statue de la sainte
Vierge. Il la priait dévotement de le
garantir de nouvelles algarades. Il
baisait avec respect le bas de sa robe
de bois, lorsque le très-petit bout
d'une chaînette de laiton, qui dépas-
sait la robe, s'embarrassa dans ses
doigts. En retirant mal-adroitement sa
main, il tire la chaînette, la sainte
Vierge fait un grand mouvement, et
Trufadin fait un saut en arrière; il
relève les yeux, et ne voit plus de
sainte Vierge. Il aperçoit sur une sur-
face beaucoup plus large trois diables
très-bien faits, car ils étaient fort
laids. A leurs pieds était un trou
étroit, mais qui paraissait profond. Il
ne doute pas que l'enfer ne vienne de

s'ouvrir pour le punir d'avoir endossé une robe qu'il était indigne de porter. Il fait un second saut en arrière, et tombe dans l'oratoire en poussant un cri affreux. Mendoce accourt; Trufaldin, dans des transports à se faire crever lui-même, et à faire mourir les autres de rire, lui montre de la main l'enfer prêt à l'engloutir : les deux paysans, terrifiés à ce spectacle, nouveau pour eux, s'écrient que le diable a pris possession de l'ermitage pour punir l'ermite de ses crimes, et qu'il a emporté les femmes qui se donnaient à ce malheureux; ils se plongent le visage et les mains dans le bénitier de quinze ou vingt pintes, et ils sortent à genoux, et à reculons, en se promettant bien de ne jamais remettre les pieds dans ce lieu de terreur.

Mendoce, qui ne craint ni le diable, ni l'enfer, s'approche des trois figures,

et reconnaît en riant, selon sa coutume, que la sainte Vierge et son saint
piédestal s'ouvraient du haut en bas,
et démasquaient l'entrée d'un petit
escalier grossièrement taillé dans le
roc. Il démêle avec sa sagacité ordinaire, que les diables sont en dedans
pour effrayer les bons chrétiens du
douzième siècle, qui, par hasard ou
par curiosité, tireraient la chaînette;
il conclut enfin que toutes ces dames
sont descendues, par l'escalier, à un
lieu qui leur est parfaitement connu,
et où l'ermite se dédommageait am-
plement de la sévérité des mœurs
qu'il affectait en haut.

Mendoce saute sept à huit degrés,
décidé à vérifier les faits : les ténèbres
le forcent à s'arrêter. Il écoute, le
plus profond silence règne partout.
Il est brave, mais le cas est épineux;
il se consulte, il remonte, renferme

les diables sous l'enveloppe extérieure
de la bonne Vierge, et assemble une
seconde fois son conseil.

Il fait part à Silvia et à Trufaldin de
ses observations et de ses idées. Trufaldin n'entendait plus rien, et il fallut
ouvrir et fermer plusieurs fois la machine devant lui pour le convaincre
qu'un escalier n'est pas l'enfer, et que
les diables qu'il a vus, sont de la façon
de quelque bâtier de village. Les têtes
remises, la discussion s'engagea.

Mendoce concevait bien que la
petite fille se fût réfugiée là pour
échapper à son père et à son futur ;
mais il ne devinait pas pourquoi des
femmes, qui ne devaient de compte
à aucun des spectateurs, s'étaient ré-
fugiées dans les entrailles de la terre,
au lieu de s'aller bonnement sécher
au soleil. Le cas parut extraordinaire

à Silvia, et Trufaldin déclara modestement qu'il n'y comprenait rien.

C'est bien ici que je pourrais vous conter des choses bien invraisemblables, bien impossibles, qui empêcheraient les petites filles de dormir, et qui feraient serrer les jeunes maris de si près, qu'il faudrait bien qu'ils se réveillassent; mais la vérité, que je respecte au suprême degré, ainsi que je l'ai prouvé en plusieurs volumes, ne me permet pas d'imaginer. Un historien fidèle doit se borner au simple récit des faits.

Mendoce, qui avait à lui seul de la tête pour trois, pensa que quelque motif qui eût déterminé ces dames à descendre, il n'était pas probable qu'elles passassent la journée entière loin de ceux à qui elles devaient compte de leur conduite; que sans doute elles attendaient, pour sortir, le

moment où elles croiraient que l'ermitage serait évacué par des hommes
qui n'avaient plus d'intérêt à y rester,
et il jugea qu'il fallait provoquer leur
sortie par une retraite simulée, sauf
à revenir ensuite faire une inspection
exacte des lieux, le flambeau d'une
main et la hache de l'autre. Trufaldin
trouvait très-bien qu'on se retirât, et
ne jugeait pas à propos qu'on revînt ;
Silvia ne s'en souciait pas non plus :
mais Mendoce observa que depuis
trente-six heures qu'ils avaient quitté
Sarragosse, ils n'avaient eu d'autre
aventure que de se laisser platement
voler, et que si le souterrain ne promettait ni monstres, ni génies à combattre, il pourrait au moins satisfaire
la curiosité. Il ajouta d'ailleurs qu'il
le voulait ainsi, et il commença le dé-
ménagement, qui ne fut pas long.

Il enveloppa le pâté de sanglier,

les andouillettes, les guitares et les castagnettes dans les robes de troubadours, qui étaient à peine coupées, il mit le paquet sous un bras, prit la sultane sous l'autre, et Trufaldin suivit en branlant la tête, et disant entre ses dents :

La valeur n'est valeur qu'autant qu'elle est utile.

On descend le rocher; on monte un rideau couvert de bois; on coupe des branches qu'on fiche en terre autour de soi, pour n'être pas vus, et on se ménage des jours pour pouvoir tout observer.

Au bout du rideau était un terrain sablonneux, et à travers les énormes racines d'un vieux chêne on voyait un trou qui annonçait l'entrée du terrier d'un renard ou d'un blaireau: nos aventuriers n'y firent pas grande attention en passant. Mendoce ce-

pendant aimait la chasse; mais il n'a-
vait ni meutes ni furets, et il était occupé d'autre chose.

Ils n'avaient pas passé deux heures
au milieu de leurs branchages, qu'ils
aperçurent dans la campagne les six
à sept paysannes, qu'ils reconnurent
à leurs habits; mais ce qui paraissait
inexplicable à Mendoce, c'est que ces
habits, qui avaient été couverts d'eau
et de terre, paraissaient de la plus
grande propreté; le bavolet et le bas
de coton étaient d'un blanc à éblouir;
les cheveux étaient en ordre, et re-
troussés avec grâces : il s'y perdait.

Par où d'ailleurs étaient-elles sor-
ties, puisqu'elles avaient paru d'un
côté opposé à l'ermitage? On soupçonnait bien qu'elles n'étaient aussi
propres que pour ne pas donner des
soupçons chez elles; mais la petite
ne pouvait en imposer ni à son père,

ni à son futur; et puis il y avait donc dans ce trou quelque bonne fée compatissante aux faiblesses des femmes, et réparant d'un coup de baguette le désordre de leur toilette.

« Il est évident, seigneur, disait Trufaldin, qu'il y a de la diablerie là-dedans. — Il n'y a pas de diablerie, mais il y a quelque chose d'inconcevable que j'éclaircirai, dussé-je ne pas sortir du trou. — Ah! seigneur, au nom de votre digne père, qui est un peu sévère, mais qui vous aime; au nom de votre mère, de ses maux de cœur de neuf mois, et de ce qu'elle a souffert en vous mettant au monde.... Il ne m'écoute seulement pas ». En effet, Mendoce était déjà bien loin.

Silvia, qui l'aimait vraiment, courait à côté de lui, et Trufaldin était resté à sa place, parce qu'il fallait,

disait-il, qu'il en restât au moins un
pour garder les équipages.

En repassant devant le prétendu
terrier à blaireaux, Mendoce s'arrêta,
et trouva le fond tapissé de mousse,
ce qui ne lui parut pas naturel. Il
écarte avec quelque peine des racines
entrelacées, il s'engage sur les genoux
et sur les mains; le trou s'élargit insensiblement : « Je suis heureux, dit
Mendoce , voilà le commencement
d'une véritable aventure ».

Le sexe aime aussi les aventures,
mais d'un genre tout différent, et
Silvia oublia sa tendresse à l'aspect
des difficultés, et par la peur des ténèbres, toutes puissantes sur les esprits faibles. Elle retourna près de
Trufaldin, qui lui passa la main sous
le menton, et qui lui dit : « Consolez-
vous, consolez-moi, consolons-nous;
je vous épouserai quand nous serons

sûrs que l'insensé aura trouvé sa fin ».
Un soufflet fut la réponse de Silvia,
parce que s'il est vrai qu'une femme
puisse se décider à tout, il est au
moins des propositions que l'amour-
propre ne saurait entendre.

Mendoce n'avait pas fait trente pas,
qu'il était absolument privé de la
lumière, et que la voûte était assez
élevée pour qu'il pût se tenir debout.
Le vent qui soufflait au visage, annonçait un souterrain tortueux et pro-
longé. Il se repentit de s'être en-
gagé dans ce mauvais pas. Il se rap-
pela les dernières paroles de Trufaldin, et balança s'il retournerait en
arrière. Une fausse gloire lui fit tout
mépriser; il tira son épée, et s'avança
tête baissée.

Bientôt des soupirs se font entendre; Mendoce s'arrête, et un malheureux caillou qui roule sous ses pieds

le décèle : « Est-ce vous, frère Pacôme, dit une voix argentine? Oui,
oui, c'est moi, répond Mendoce à
voix basse. — Ah! que vous vous êtes
it attendre. — Il a bien fallu donner
ces malencontreux chevaliers le
mps d'évacuer mon pauvre ermi-
ge. — Mon père m'a trouvée là-
ut, et il m'a battue; je n'ose plus
tourner chez nous. — Tu n'y retour-
ras plus, et il ne te trouvera pas
 ». En écoutant, en répondant,
endoce s'avançait. Il approcha si
s, qu'enfin la petite fille se trouva
sous sa main. Elle était étendue sur
un lit de feuilles sèches; Mendoce
l'avait trouvée fort jolie; il était jeune,
et il n'y avait pas d'apparence que
Silvia vînt le déranger. Ce qui est
nouveau est toujours le plus beau, et
l'amour de la nouveauté fait faire des
prodiges. Mendoce en fit tant, que la

petite s'écria à la fin : « Non, tu...
pas frère Pacôme. » !

La paix est bientôt conclue quand on fait mieux que son rival. Mendoce et la petite s'expliquèrent amicalement. Il raconta, lorsqu'il ne put plus agir, ce qui lui était arrivé à l'ermitage, et la petite lui dit sans rougir, parce qu'il ne la voyait pas, que l'ermite était un homme de trente ans au plus, qui portait une fausse barbe pour inspirer la sécurité aux hommes et la confiance aux femmes; qu'il amadouait celles-ci avec de belles paroles, les engageait à revenir, leur faisait boire de bon vin, dans lequel sans doute il mettait quelque chose; qu'alors on se laissait aller : « Et vous savez bien, ajouta la petite, que quand on a eu une fois ce malheur-là, on n'est pas fâché de recommencer ».

« Hé, depuis quand ce chien d'ermite demeure-t-il ici? — Depuis cinq
à six ans. — Et pourquoi ce souterrain, puisqu'il peut, quand vous
êtes seules là - haut avec lui, vous
rendre malheureuses tout comme ici
bas? — Oh! le souterrain était fait,
et la sainte Vierge aussi. — C'est-à-
dire qu'il a pris tout cela des mains
de son prédécesseur. — Je le crois.
— Aussi fripons l'un que l'autre :
mais, encore une fois, à quoi bon ce
souterrain? — Je vais vous le faire
voir ». La petite tire de sa poche un
briquet et de l'amadou; une lampe
s'allume : la petite fixe le chevalier,
et lui sourit; le chevalier la rend
malheureuse encore, et la petite sourit
de nouveau. Oh, oh! dit - il, je ne
saurais faire face à de nouveaux mal-
heurs : voyons, examinons ceci ».
C'était le roc brut, sans art, sans
apprêts;

apprêts, mais le coquin d'ermite y avait réuni toutes les commodités de la vie. Excellente couchette, siéges douillets, provisions délicates, habits de femme, qui tous étaient alors faits d'une grosse étoffe de laine noire. « J'y suis, dit Mendoce : ces dames n'ont fait que changer de vêtement; ce qui leur arrive sans doute quand le frère Pacôme les a un peu trop chiffonnées. Il n'est pas bête du tout, cet ermite-là : là-haut l'apparence de l'austérité, et ici tout ce qui fait le prix de l'existence. Ah, ah! qu'est-ce que cette grande armoire ? — Je n'en sais rien, seigneur chevalier; frère Pacôme ne l'ouvre jamais devant nous. — Je vais le savoir à la minute », et le chevalier fait sauter la porte avec le pommeau de son épée.

Mendoce et la petite voient d'abord quelques rouleaux d'étoffe noire, des

ciseaux, du fil, des aiguilles, des
bavolets tout coupés. « Fort bien,
dit Mendoce, l'ermite s'occupe de
ses femmes; voilà de la reconnaissance. — Oh! nous faisons cela nous-
mêmes à nos momens perdus, et les
habits neufs que nous rapportons à la
maison, sont des dons que frère Pacôme
a reçus à la ville pour les pauvres du
pays. — Hé bien! voilà qui est tout-à-
fait vraisemblable; et ces chapelets,
ces scapulaires, ces *agnus Dei?* — C'est
ce que nous rapportons aux enfans...
— Du frère Pacôme? — Et à ceux de
nos maris : ils en font aussi quelquefois, seigneur chevalier. — C'est bien
heureux, en vérité ».

Deux tiroirs fixent l'attention de
Mendoce : ils étaient fermés à clefs,
et les clefs ne se trouvaient pas. Mendoce se servit de la pointe de son
épée, et fit sauter les serrures : les

tiroirs étaient remplis d'argent. « Oh, oh! je ne suis pas le seul que ce coquin-là ait volé. — On l'a dit, et je commence à le croire. — Il reviendra sans doute, car il n'est pas présumable qu'il abandonne ici le double au moins de ce qu'il m'a pris ».

La petite regardait cet argent d'un air ébahi, et, réfléchissant à ce que venait de dire Mendoce, elle pensa comme lui, d'autant mieux que l'ermite ignorait encore que son père eût découvert sa grossesse. L'entrée du souterrain qui donnait dans le bois, lui permettait de retourner la nuit à l'ermitage sans être aperçu, et il pouvait voir, par une petite fente que la sainte Vierge avait au bas du ventre, s'il devait se rétablir dans son domicile.

Il y avait lieu de croire cependant que son absence durerait quelques jours, car il devait penser qu'un jeune

6*

homme alerte ne manquerait pas de courir le pays après son voleur, comme il était présumable qu'il s'en éloignerait après avoir fait des recherches inutiles. Ces raisonnemens étaient fondés ; mais une chose embarrassait Mendoce. Ceux que l'ermite avait volés avant lui, devaient avoir fait de l'éclat dans les environs, et avoir nui singulièrement à la réputation du personnage. « Ils ont crié en effet, dit la petite, mais les femmes raccommodent tout : le premier était un menteur. — A la bonne heure pour le premier, mais les autres? — L'un était un hypocrite qui voulait faire chasser l'ermite pour s'emparer de l'ermitage. Celui-là se vengeait, disait-on, de ce que le frère Pacôme lui avait refusé l'hospitalité, parce qu'il avait tenu des propos irréligieux; enfin, les femmes exigent une autre fois que leurs maris fassent perquisition dans l'ermitage, quand le frère est disposé à les recevoir, et que tout annonce la ferveur et la pauvreté ».

Après cette courte explication, la petite prit la main de Mendoce, et le pressa de sortir et de s'éloigner, parce qu'elle craignait que son père ne revînt quand sa frayeur serait passée. Elle craignait bien aussi que l'ermite rentrât. Il avait pris de l'ascendant sur elle, et elle n'avait pas envie de quitter Mendoce pour le frocard.

Le jeune homme avait grande envie d'attendre son ermite, et de lui donner une de ces leçons dont on se souvient toute la vie; mais il fallait passer une nuit ou deux à la belle étoile, et le seigneur Mendoce aimait ses aises : d'ailleurs il ne voyait pas grand honneur à étriller un ermite. Il se disposa donc à céder à l'empressement de la petite, et il commença à se faire restitution aux dépens des deux tiroirs, ce que le rigoriste le plus sévère ne peut certainement blâmer.

Il avait scrupuleusement compté un nombre de marcs égal à ceux qu'on lui avait pris, et il s'éloignait la lampe à la main. La petite le tira par son pourpoint : « Et ce reste-là, que deviendra-t-il ? — Je ne m'en inquiète guère. — Vous le laissez ! — Prendre au-delà de ce que j'ai perdu, ce serait me dégrader ! — Mais j'ai perdu aussi, moi, et il est naturel que je me rembourse. — Oh ! cela, c'est une autre affaire. — Dix marcs pour mon pucelage. — Ce n'est pas trop. — Vingt pour mes complaisances. — A la bonne heure. — Et le reste pour mon douaire. — C'est trop juste ». Et le reste fut en effet emporté.

Mendoce, enchanté de se retrouver en fonds, au moment où il y comptait le moins, aussi charmé d'avoir conquis une jolie fille qui jeterait de la variété dans ses amours, Mendoce rejoignit, en chantant, Trufaldin et Silvia. La vue de l'argent opéra dans les esprits un changement aussi rapide qu'heureux; mais la sultane fronça le sourcil quand Almanzor lui annonça que l'humanité ne permettant pas d'abandonner la petite au ressentiment de son père, ils allaient la prendre avec eux. Il eut beau lui observer qu'elle avait besoin d'une aide qui partageât avec elle les petits soins de la communauté; il eut beau lui protester que son attachement pour elle l'avait déterminé autant que le désir de rendre service à la pauvre petite fille, Roxane crut voir en elle une rivale, et les femmes se trompent rarement sur cet article.

Elle regardait la petite en dessous, et ses charmes et sa fraîcheur, et certains regards qu'elle interceptait au passage, confirmèrent bientôt ses soupçons. Que pouvait-elle dire? Rien : elle appartenait à Mendoce. Que pouvait-elle faire? Barrer cette nouvelle intrigue; c'est le parti que prennent toutes les femmes, et c'est ce qui ne manque jamais de faire d'une fantaisie une inclination sérieuse.

Tout le monde se mit en route, les uns fort contens, les autres feignant de l'être. La petite, qui connaissait ces bois comme le souterrain de l'ermitage, conduisit la caravane par des sentiers qui l'éloignaient de la cabane de son père et de la ville de Plasencia, où frère Pacôme allait ordinairement faire ses emplettes, et où sans doute il était allé vendre les mules en habit de cavalier.

Trufaldin retrouva l'usage de la parole à mesure qu'il s'éloigna des lieux où il avait été tourmenté de la crainte des hommes et des diables. « Maintenant que vous êtes en fonds, dit-il à Mendoce, vous renoncerez sans doute à la fantaisie de vous faire troubadour? — Pas du tout. — Quoi! vous voulez encore aller gueusant de porte en porte? — Qu'appelles-tu gueuser! Demander, recevoir l'hospitalité dans les châteaux, payer dans les chaumières, porter partout le plaisir avec moi, et me faire la réputation du plus aimable et du plus éloquent de tous les menestrels : tiens, prends mes vers, et fais-moi du chant là-dessus. — Composer en marchant! — La marche éveille l'imagination. — Et ce paquet la tue. — Donne-le-moi. — Je souffrirais, seigneur........ — Donne, te dis-je; l'égalité est le

6**

premier charme du métier que noûs
allons faire ».

Et on chemine, Mendoce le paquet
sur la tête, sautant comme un chevreuil, Silvia observant la petite, la
petite sautant autour de Mendoce, et
Trufaldin marchant gravement, bat-
tant la mesure sur l'écorce où étaient
écrits les vers, essayant des tons, et
gravant ceux qui lui paraissait dignes
de passer à la postérité.

En marchant, en sautant, en chantant, en buvant, en mangeant, on
arriva à la vue d'une ville qu'on ne
connaissait pas; mais comme on est
bien reçu partout avec de l'argent,
il était assez égal d'entrer dans cette
ville ou dans une autre. Mendoce
était bien aise qu'il s'en présentât
une, parce qu'il voulait équiper sa
troupe d'une manière digne d'un troubadour de distinction. Le chant était

fait, il en était content, et il se proposait de commencer dès le lendemain l'exercice de l'honorable profession. Il le commença en effet, mais non pas précisément comme il se l'était proposé.

La ville qu'il voyait est la bicoque appelée *Longarès*. Il suivait les bords rians d'une jolie petite rivière qui y conduit, et dont j'ai oublié le nom, lorsqu'il distingua dans l'éloignement un grand homme d'assez mauvaise mine et assez bien armé, qui venait droit à lui. On ne se connaît pas dans ce monde, et précaution est mère de sûreté. Mendoce avait à défendre sa personne, son argent, ses deux femmes, le camarade Trufaldin, et les débris de son pâté : des intérêts aussi majeurs exigeaient qu'il fût sur ses gardes. Il rendit le paquet à Trufaldin, et s'avança le premier

pour reconnaître les dispositions de
l'arrivant. Celui-ci s'arrête à quelques
pas, fixe Mendoce, fait un saut en
arrière, et met la main sur la garde de
son épée. La petite, qui ne quittait
pas Mendoce, fixe l'inconnu, jette
un grand cri, fait un demi-tour à
droite, et s'enfuit en criant : C'est
l'ermite!

L'ermite, reconnu, tire l'épée;
Mendoce, honteux de s'être laissé
prévenir, tire la sienne, et se pré-
cipite. Bientôt il s'aperçoit que son
adversaire a autant d'adresse et plus
de force que lui. Ils ne savaient ni
l'un ni l'autre pourquoi ils se bat-
taient, car Mendoce avait repris ce
qu'il avait perdu, et l'ermite ignorait qu'il eût fait restitution; mais
enfin c'est ainsi qu'on se bat d'ordinaire d'homme à homme, et de peuple
à peuple.

Frère Pacôme serrait vivement le chevalier. Il écarte son fer d'un vigoureux coup de talon, fait une passe sur lui, jette son pied gauche derrière le pied droit de son adversaire, le pousse rudement de la poitrine, le renverse, saute par-dessus lui, allonge un coup de pied dans les côtes de Trufaldin, qui priait Dieu sur le paquet pour le succès des armes de son maître, charge le paquet sur son épaule, s'élance dans la rivière, la traverse en plongeant, reparaît à la rive opposée, et montre son derrière à son ennemi stupéfait, qui n'a pu le suivre, parce qu'il ne sait pas nager.

« La valeur n'est valeur qu'autant qu'elle est utile,

disait Trufaldin en se frottant le côté. La petite a conservé son argent, parce qu'elle a pris la fuite; vous avez fait le bravache, et vous avez perdu

le vôtre : que ne vous sauviez - vous
aussi. — Malheureux ! — Hé sans
doute, je suis poltron, et je m'en
trouve bien : je me tire de tout avec
quelques coups de pied ou de bâton,
mais vous vous exposez à vous faire
tuer ! Si ce chien d'ermite ne pré-
férait le butin au sang, j'aurais une
belle nouvelle maintenant à porter
au château d'Aran. Voyez-vous votre
père au désespoir, votre mère mou-
rante, dont la malédiction vous poursuit au fond de la rivière, où cet
enragé-là n'eût pas manqué de vous
jeter ?.... Voyez-vous.... — Voyez-vous
un valet mal - adroit, qui raisonne
quand je suis furieux ; viens, coquin,
viens te placer à côté de Silvia, veille
à sa sûreté autant que le peut un poltron, et je vais châtier de la manière
la plus éclatante ce coupe-jarret qui
m'affronte : attendez-moi tous deux ici».

Trufaldin n'osait plus parler raison; mais il eût donné sa vie, si elle lui eût été moins chère, pour prévenir un second combat. Il ne trouva pas d'autre moyen pour arrêter son maître, que de flatter son goût dominant : « Observez, lui dit-il, votre précepte d'hier; bravez la misère, jouissez du présent, et moquez-vous de l'avenir. Renoncerez-vous, parce qu'un insolent vous a montré son derrière, au plaisir de chanter vos vers si harmonieux et si coulans? Qu'est devenue cette émulation qui allait faire de vous le premier menestrel de l'Espagne? — Je le serai toujours, corbleu! — Vous ne le serez pas si vous vous faites tuer. — Les armes sont journalières, et je n'aurai pas été impunément volé et insulté par un coquin ».

Il partait en effet lorsque Silvia,

qui pour ne pas user son crédit, ne
faisait de remontrances que dans les
grandes occasions, lorsque Silvia prit
la parole, et représenta à Mendoce
que la présence de la petite et le
contenu du paquet prouveraient à
l'ermite que tous ses secrets étaient
connus; qu'il se garderait bien de retourner à l'ermitage, où il ne pouvait s'attendre qu'à un mauvais parti,
et que tout le fruit que Mendoce re-
tirerait de sa démarche serait de brûler,
s'il voulait, une cabane, ce qui n'est
ni bien difficile, ni bien glorieux :
« Hé bien, chantons, reprit Mendoce;
nous avons encore mes vers, ta musique, vos guitares et les castagnettes;
allons, chantons et marchons ».

« Loin de nous la prospérité,
» Des sots éternelle manie :
　　» La médiocrité
　　» Est mère du génie ».

« Tiens, mets-moi cela en musique.
— Pardon, seigneur, mais il y a dans
vos vers quelque chose qui n'est pas
exact. — Qu'est-ce, docteur? — La médiocrité soupe, et nous ne souperons
pas; on n'héberge point les troubadours dans les villes. — Non? hé bien,
faisons une chanson de table, et célé-
brons au moins des plaisirs que nous
ne pouvons goûter; nous dormirons
ensuite, et vive la joie, quoi qu'il
arrive. Ecoute :

« Pour bannir le chagrin
» Et jouir de la vie,
» Buvons d'excellent vin,
» Prenons femme jolie.
» Moquons-nous d'un oison
» Qui condamne l'ivresse :
» Ce qu'on perd en raison,
» On le gagne en tendresse.

» Allons, mes amis, avec ces trois
morceaux et ma fécondité, nous som-

mes en fonds pour notre début; nous n'avons pas d'habit de costume, hé bien! nous nous en passerons : marchons et chantons ».

Un vieux château, dont les donjons n'étaient pas si élevés que les clochers de Longarès, se montra tout-à-coup au détour d'une colline : « Nous souperons, s'écria Trufaldin! nous souperons, répètent Mendoce et Silvia. Accordons nos guitares, faisons un bout de répétition en plains champs, et allons enchanter le seigneur châtelain ».

Le pont est levé selon l'usage. Le nain qui veille au haut de la tour, prend son arbalètre, ajuste la flèche, et crie : *qui vive!* Les guitares et un chant chevaleresque répondent pour les troubadours. Les sons mélodieux parviennent jusqu'à la salle basse où le seigneur châtelain sommeillait en digérant un copieux dîner ; il secoue l'oreille, ouvre les yeux, se lève, court à sa fenêtre, et ordonne qu'on baisse le pont, et qu'on introduise les trouverres.

Mendoce se présente avec les grâces que donne l'éducation ; Silvia avec la modestie piquante de la beauté ; Trufaldin avec sa bonhomie accoutumée : « Voyons d'abord un essai de vos talens, dit le seigneur châtelain, car je suis connaisseur, et on ne m'en fait accroire sur rien. Si vous êtes vraiment des troubadours, ce château sera votre demeure autant de jours qu'il vous plaira y rester.

On commence la fameuse romance: *Sur la tombe d'Isidore*, avec accompagnement en deux parties, ce qui ne s'était pas entendu jusqu'alors; et à la fin de chaque strophe, le châ-

telain s'écriait : Ce sont, parbleu, ce
sont des troubadours !

« Nous souperons, disait tout bas
Trufaldin ; nous souperons, repre-
naient Silvia et Mendoce. Mais comment, poursuivit le seigneur, des
trouverres voyagent-ils dans cet équi-
page? l'un ressemble à un chevalier....
Je le suis en effet, seigneur, répond
Mendoce ». Et il raconte avec emphase
les fariboles qu'il a arrêtées avec Silvia
et Trufaldin.

Un chevalier troubadour, un chevalier qui a été de la seconde croisade,
un troubadour qui s'accompagne en
deux parties, était un être précieux
pour le châtelain. Ce qui surpassait
tout à ses yeux, c'était la sultane favorite, qui avait rendu la liberté au
chevalier ; c'était le chevalier, qui par
reconnaissance avait épousé la sultane;
c'était enfin l'aumônier, qui les accom-

pagnait partout, pour attirer sur eux
les bénédictions du ciel. Dès ce moment les égards se joignirent aux mar-
ques d'intérêt; il fut décidé que les
troubadours feraient une neuvaine au
château, et qu'il leur serait donné des
mules, de l'argent, et des valets pour
les conduire ensuite où ils voudraient
se rendre.

Le seigneur châtelain prend la main
de la belle Roxane, et la conduit à
la chambre où s'ennuyait sa jeune et
belle épouse, en faisant semblant de
travailler, mais en pensant à ce qui
occupe les jeunes femmes qui ont de
vieux maris. Il fut décidé encore que
la sultane reposerait sur une couchette
qu'on dresserait à côté de celle de madame; ce qui arrangeait le seigneur,
qui avait toujours besoin de repos, et
le preux Almanzor, qui avait bien ac-
quis le droit de se reposer avec sa

petite qui lui plaisait tant, et à laquelle il ne pensait plus.

Pendant qu'on apprête un somptueux souper, le patron fait passer Mendoce dans un vaste cabinet; et comme l'amour-propre est toujours la première sensation qu'on cherche à satisfaire avec des inconnus, il lui montra les portraits en pierre de ses nobles aïeux. Il les avait fait enlever de leurs tombeaux, et en avait garni le pourtour du cabinet, ce qui faisait un coup d'œil très-divertissant. Il raconta au brave Almanzor les exploits de chacun, ce qui fut bien aussi ennuyeux que l'histoire de Mézerai, sans pourtant être aussi long. Il raconta que déjà surchargé de la gloire de ses ancêtres, il avait jugé inutile d'en acquérir pour son compte particulier; qu'il avait passé sa vie à faire enrager ses vassaux, ses domestiques, et à tromper ses maîtresses. « A propos de cela, dit-il, je vais vous prouver la multitude et les agrémens de mes conquêtes ». Il prouva la quantité par autant de bracelets en cheveux, accrochés chacun à un clou doré, et rangés par ordre chronologique. Il prouva ses plaisirs par les obstacles qu'il avait eus à vaincre, les ruses qu'il avait fallu employer : il conta si longuement, qu'Almanzor allait s'endormir, malgré son appétit, si le châtelain n'eût fini de la manière la plus propre à réveiller l'attention d'un amateur. Il apprit au jeune troubadour que depuis six mois il avait épousé une jeune personne jolie au-delà de l'imagination, parce qu'une belle femme ne coûte pas plus qu'une laide; il ajouta qu'il n'était pas jaloux, parce qu'il avait éprouvé que cela ne servait à rien : il conclut en disant qu'il amusait sa femme avec des fêtes, parce que femme dont la tête est occupée a le cœur en repos, et il invita le chevalier à imaginer quelque chose aussi galant que nouveau.

Mendoce, dont la tête et le cœur étaient également ardens, prit feu à la minute pour la châtelaine, qu'il ne connaissait pas, et ne pensa plus qu'à prolonger son séjour, pour mettre à fin une intrigue qui ne devait pas se terminer, avec une dame du haut parage, comme avec la petite du souterrain. Il proposa de l'amuser deux ou trois jours avec des chansons nouvelles, et pendant qu'elle les apprendrait, de lui préparer la plus piquante des surprises.

« On voit tous les jours, dit Mendoce, des événemens inattendus, extraordinaires, attachans; on entend des conversations vives, pressées, spirituelles;

spirituelles; pourquoi ne mettrait-on pas cela en action, en ôtant aux conversations ce qu'elles ont de trop long, et en ajoutant quelque chose aux événemens trop communs? — Bien, seigneur Almanzor, bien, très - bien, de par Dieu! — J'ajoute à la prose languissante la force et le charme des vers. — C'est cela, mon ami, c'est cela. — Et pour inspirer plus de vénération pour mon talent, je le consacre à des sujets révérés du vulgaire. — De mieux en mieux, sur mon ame. — Le mystère de la Conception, par exemple. — Oh! que ce sera beau. — Avez-vous des vassaux intelligens, adroits? — Par centaines, mon ami. — Je fais construire une maison tout-à-fait semblable à celle de Notre-Dame de Lorette. La Vierge est en prières, et se détourne à l'aspect de la Volupté, que le Diable lui présente. Elle va céder, car elle est femme ; mais le beau Gabriel entre par la croisée, son rameau de lis à la main. A son aspect, la Volupté et le Diable disparaissent, la Vierge conçoit sans plaisir, pour accoucher avec peine, et le spectacle finit par un *Stabat Mater,* sur un air nouveau. — Embrassez-moi, homme étonnant, embrassez - moi encore. Votre idée aura des imitateurs, je vous en réponds ». Et en effet, Mendoce fut l'inventeur de ces mystères qu'on joua dans toute l'Europe chrétienne, jusqu'à l'époque où la renaissance des lettres tira de la poussière les Grecs et les Romains, et fournit des modèles que nous avons surpassés, quoi qu'en disent les vieux admirateurs des vieilles choses.

« Ah çà, reprit le châtelain, qui jouera le diable ? c'est un vilain rôle.

— Mon aumônier; il est déjà habillé de noir. — Et il n'est pas beau : j'ai un bois de cerf qui lui ira à merveilles. — Sans doute; cette coiffure va à tout le monde. — Et la Volupté? — Ma sultane : elle a un petit air fripon qui caractérisera le personnage. — Et l'ange Gabriel? — Moi, si vous voulez. — Vous : chevelure blonde et bouclée, œil bleu, taille élancée; avec cela une tunique blanche, de longues ailes faites avec les queues de mes paons, et ce sera parfait. Et la sainte Vierge? — Ah! voilà où je suis un peu embarrassé : il faudrait une seconde femme............ — La mienne, chevalier, la mienne; personne n'a l'air aussi virginal, et, entre nous soit dit, elle est encore vierge, ou peu s'en faut : ah çà, mais ne faudrait-il pas, pour la bienséance, que je jouasse avec madame...... une jeune épouse......

7*

« Ah! vous avez raison, il ne faut pas
que vous perdiez vos droits sur madame, même en plaisantant : l'honneur, la réputation............ Hé, m'y
voilà : vous serez saint Joseph. — Jus-
tement c'est mon patron. — Je vous
en fais mon compliment. »

La grosse cloche annonce que le
souper est sur la table, et le châtelain
invite Mendoce à descendre. La jeune
Séphora était déjà placée : elle leva
sur Mendoce un grand œil humide,
qu'elle baissa en s'inclinant légèrement; Mendoce salua profondément,
et se mit auprès d'elle; le châtelain
s'assit auprès de la sultane; Trufaldin
enchanté, entonna un *Benedicite* sur
un air de sa façon, et se mit à jouer
de la mâchoire à sa manière ordinaire,
c'est-à-dire de façon à étonner les
plus gourmands. Mendoce partageait le
temps entre deux appétits; les meil-

leurs morceaux pour son estomac; les
propos les plus délicats, les plus fins
pour la dame. La dame ne répondait
pas directement, mais un sourire
payait la louange adroite. Insensiblement la modestie céda aux charmes
d'une conversation enjouée; elle répondit par de simples mots à la vérité,
mais de ces mots heureux, soignés,
qui annoncent l'esprit joint au désir
de plaire. Le châtelain était enchanté :
« Bravo! criait-il à chaque instant,
bravo! C'est un combat, un carrousel,
un tournois d'esprit. Corbleu! madame, je ne croyais pas que vous en
eussiez tant, et je rends grâce au gentil
trouverre qui l'a développé tout-à-
coup : il vous en fera bien voir d'autre.
L'ange Gabriel, saint Joseph...............
Ah! ah! ah! mais ceci est encore un
secret. Ah çà, contez donc à madame
comment vous vous êtes tirés des

mains de ce vilain soudan d'Egypte;
cela doit être curieux, et les dames
aiment l'extraordinaire ».

Mendoce n'était pas préparé à conter, et d'ailleurs il avait à dire à madame des choses plus intéressantes
que ce qu'il pouvait imaginer. Il répondit que son aumônier, qui narrait
parfaitement bien, allait satisfaire la
curiosité du seigneur châtelain; Trufaldin, qui avait l'imagination pares-
seuse, se défendait de toutes ses forces. Un geste impératif de Mendoce
lui ouvrit la bouche, et pendant que
Trufaldin contait, le chevalier jasait
avec la dame, qui riait quelquefois en
regardant son mari, qui écoutait, la
bouche ouverte, et qui gobait les niai-
series que lui débitait monsieur l'aumônier.

« Les Chrétiens et les Turcs, disait Trufaldin................. Et l'Europe

et l'Asie............... Aidez-moi donc un
peu, seigneur Almanzor............. Ah!
m'y voilà, seigneur châtelain. Je cher-
chais quelques détails qui m'étaient
échappés, et j'entre en matière. J'a-
vais marché à la croisade pour prêcher les Chrétiens et combattre les
Turcs, ainsi qu'ont fait beaucoup de
gens d'église. Après des succès mêlés
de revers, nous arrivâmes sous les murs
d'Antioche, où se livra cette fameuse
bataille dont vous avez sans doute
entendu parler. J'y coupai les oreilles
au tambour major du soudan d'Egypte,
et j'allais le dégalonner, suivant le
droit de la guerre, lorsqu'un mara-
bout qui battait de la grosse caisse,
me la passa tout entière de la tête
aux talons. Comme il faut pouvoir
agir pour se battre, et que j'étais en-
caissé, j'en passai par ce que voulu-
rent messieurs les Sarrasins. On me

roula dans mon tonneau jusqu'au Caire, où j'arrivai tout étourdi, ainsi que vous pouvez le croire, et on m'enferma dans le sérail du soudan, pour enseigner la musique à ses enfans de chœur. C'est là que je connus le seigneur Almanzor, dont Argan avait arrêté les exploits au moyen d'un nœud coulant qu'il lui jeta au cou, et qu'il serra de manière qu'Almanzor fut obligé de le suivre en laisse. La princesse Abaquaba, que vous voyez devant vous................. Abaquaba, reprit lé vieux Gonzalve! Ne m'avez-vous pas dit que la princesse se nomme Roxane? — Eh! oui............... oui, seigneur châtelain, elle a pris ce nom depuis que nous voyageons incognito; mais elle est de la célèbre famille Abaquaba, dont le fondateur a bâti les murs de Jéricho............. — Que Josué renversa au son des trompettes?

— Précisément. — Famille ancienne,
seigneur amônier ; diable ! Poursui-
vez. — La princesse Abaquaba et sa
cousine Ibiquibi , deux des femmes
du soudan, qui en a beaucoup trop,
nous firent d'abord les yeux doux , et
en chevaliers galans nous les aimâmes
à l'adoration. Elles jurèrent de nous
délivrer et de se délivrer avec nous,
et un soir qu'on les croyait endormies,
elles descendirent doucement sur la
terrasse qui donne sur la mer; nous
nous mîmes tous quatre sur une table
de cèdre du Liban, et élevant les jupons
de ces dames au-dessus de nos têtes,
nous descendîmes assez doucement de
la terrasse dans la mer. Deux requins,
qui passaient par là , sentirent la chair
fraîche, et se jetèrent sur Abaquaba
et Ibiquibi, beaucoup plus fraîches
que nous. A notre tour, nous sau-
tâmes sur le dos des requins, nous

leur passâmes dans la gueule les jar-
retières de nos dames, qui sautèrent
lestement en croupe derrière nous,
et nous forçâmes nos montures à
nager vers Cadix. Nous n'en étions
guère qu'à cent lieues, lorsqu'un corsaire de Tripoli parut, et vint sur
nous à pleines voiles. Dans ce péril
éminent, j'invoquai saint Jacques de
Compostelle, en qui j'ai toujours eu
beaucoup de confiance; mais hélas!
qu'arriva-t-il? Ibiquibi, qui avait eu
le malheur de s'attacher à un prêtre
de la sainte église, fut prise par le
corsaire, je ne sais pas trop comment,
et saint Jacques nous transporta en
un clin d'œil, mon compagnon, sa
sultane et moi, dans le chœur de la
métropole de Tolède. Depuis ce moment fatal, nous courons le pays,
prêchant une nouvelle croisade, et
tâchant de lever des soldats pour dé-

livrer Ibiquibi des mains des corsaires tripolitains, et Dieu sait dans quel état nous la retrouverons!

« Voilà, je crois, seigneur, un récit à tirer des larmes de tous les yeux. Et le sujet d'une superbe romance, continua le seigneur châtelain : seigneur Almanzor, il faut faire cela à madame. — Si madame le permet..... — Comment donc, mon cher ami, elle en sera très-reconnaissante ».

Séphora rougit, Mendoce pressa légèrement un genou qui ne répondit pas, mais qui ne se retira point. Silvia, à qui rien n'échappait, se mordait les lèvres; Trufaldin essuyait les siennes avec l'importance d'un auteur qui a recueilli les applaudissemens de l'assemblée, et le bon Gonzalve commença à chanter : il mit tout le monde en train. Mendoce improvisa avec succès des couplets qu'il chantait au

mari, et qui s'adressaient à la femme;
la volupté les dictait, et le désir se
cachait sous le voile de la décence.
Séphora n'était plus à elle; le feu
circulait avec son sang. Elle se leva
pour cacher son trouble, et sortit avec
ses femmes et Roxane, qui devait coucher auprès d'elle : chacun se retira
de son côté.. Séphora ne dormit point,
parce que l'amour naissant chasse le
sommeil; Roxane ne dormit pas,
parce que la jalousie la tourmentait;
Almanzor ne dormit pas, parce que
tantôt il pensait à Séphora, et tantôt
il écrivait les premières scènes du
Mystère de la Conception; Trufaldin
ne dormit pas, parce qu'il réfléchit
aux moyens de faire parvenir au père
de Mendoce certaine lettre que vous
avez peut-être oubliée; Gonzalve dormit profondément, parce qu'il ne pensait à rien.

Mendoce ne savait pas trop comment il profiterait des heureuses dispositions qu'il avait remarquées dans la belle Séphora. Les mœurs espagnoles sont sévères, et pénétrer dans son appartement sans son aveu, c'était s'exposer à un éclat qui le perdrait dans l'esprit du mari, qui n'était pas dangereux, mais qui avait bien le droit de mettre l'ange Gabriel à la porte. Silvia avait trop d'intérêt d'ailleurs à ne pas laisser Séphora seule, pour ne pas manquer de lui faire assidument sa cour. Tout cela était embarrassant, mais l'amour trouve toujours quelque moyen conciliatoire. Mendoce écrivit une lettre passionnée, qu'il se promit de glisser, pendant le dîner, sur les genoux de la dame. Probablement elle n'oserait pas la lui rendre en présence de son mari, plus probablement encore elle la lirait

quand elle serait seule, et la lecture
d'une lettre aussi agréablement tour-
née, la disposerait à en recevoir une
seconde. L'intrigue se lierait alors,
car enfin c'est répondre à des billets
doux que les recevoir et les lire. Il
passa la matinée à donner ses idées et
ses ordres aux charpentiers, menui-
siers et décorateurs du seigneur Gonzalve. Les quittait-il un instant, il
venait écrire une scène; était-il las
de composer, il retournait presser
l'établissement des ateliers; il mar-
quait dans le parc les arbres dont la
grosseur et la direction des branches
pouvaient abréger la main-d'œuvre;
il faisait les billets d'invitation pour
la noblesse du voisinage; il envoyait
avertir les ménétriers des environs de
se tenir prêts à la première somma-
tion; le seigneur Gonzalve suivait ses
opérations, admirait sa vivacité, la

clarté de ses plans, voyait déjà tous les tableaux, et jouissait d'avance.

On sonne enfin le dîner, et chacun se rend à la salle commune. Mendoce remarqua que Séphora était plus parée que la veille, et il en augura bien. Elle rougit encore en le voyant, un sourire imperceptible effleura ses lèvres de rose; et lorsqu'elle s'assit, son pied se trouva, par hasard sans doute, sur celui de l'aimable chevalier. On ne connaissait pas les serviettes, qu'on étend à volonté sur ses genoux, et même sur ceux de sa voisine, et qui permettent à deux mains qui se cherchent de se rencontrer et de se toucher un moment. Un gros chien favori, portant le collier doré aux armes du maître, suppléa aux serviettes; tout sert à l'amour. Le chien était couché paisiblement sous la table; Mendoce lui pressa vivement la queue du pied qu'il

avait libre, le chien se leva en jetant
un cri : Mendoce prétendit qu'il lui
avait mordu la jambe; il se baisse
pour y regarder; Séphora se baisse
aussi par un intérêt bien naturel; Mendoce lui prend la main, l'ouvre, y met
son billet, la referme, se lève aussitôt,
fait quelques tours par la salle, en
disant à Gonzalve inquiet : « Ce n'est
rien, ce n'est rien; ses dents n'ont
pas percé ma bottine ».

Que devait faire Séphora de ce
billet caché dans sa main? Le rendre
était impossible, le remettre à son
mari était d'une imprudence impar-
donnable : c'était troubler son repos
sans nécessité; c'était compromettre
un étourdi, très-blâmable sans doute,
mais qui n'était pas coupable au premier chef, parce qu'il aimait une jolie
femme. Il n'y avait qu'un milieu
dans tout cela, c'était de mettre le

billet dans sa poche, et ce fut ce qu'elle fit.

On se remit à table, et Mendoce ne retrouva ni le pied, ni le genou. Il ne s'en étonna point : il avait donné l'éveil à la pudeur, qui devait combattre au moins pour la forme; mais l'agitation du sein, l'incarnat soutenu des joues, lui prouvaient que ces combats étaient trop vifs pour être durables.

Après le dîner, il reprit ses travaux. Silvia s'attacha plus que jamais à obséder la jeune dame; Trufaldin chercha à se lier avec un vieux écuyer, dont il comptait faire son confident, et Gonzalve fut faire sa méridienne, et s'endormit en chantonnant un nouveau couplet du jeune troubadour.

Au souper du soir, au dîner du lendemain, à tous les repas qui suivirent, Mendoce remettait un billet. On les prenait tous, on ne répondait à aucun, et le silence de femme qui aime ne saurait être éternel. L'amoureux chevalier pensa enfin que Séphora recevait ses lettres, parce qu'il y avait du danger à les refuser, et que sa complaisance n'irait pas plus loin.

Séphora, de son côté, pensait que le chevalier n'avait épousé la sultane que par reconnaissance, comme elle n'avait épousé Gonzalve que par intérêt. La froideur du jeune homme pour cette Roxane, ses empressemens auprès d'elle, annonçaient clairement de l'indifférence pour l'une, et de l'amour pour l'autre. Il est agréable pour une femme sage d'être aimé d'un petit être charmant, qui en vingt-quatre heures est devenu l'ami de la maison; mais à quoi cela peut-il mener? Se manquer à soi-même, quelle horreur! Et puis le chevalier doit bientôt partir: point de ressources.

Trufaldin avait empaumé son écuyer.
Intendant des châteaux et domaines
du seigneur Gonzalve, il avait toujours un prétexte qui autorisait des
courses plus ou moins longues : il
partit avec la lettre de monsieur l'aumônier, pour rendre le calme à un
père au désespoir.

Silvia sentait bien qu'elle ne pouvait rien attendre que d'une nouvelle
infidélité, qui peut-être lui ramène-
rait le volage : c'était un pis-aller fort
incertain; mais Mendoce l'avait ache-
tée, payée, il était le maître, et il
n'y avait rien à gagner à se brouiller
ouvertement avec lui. Il était facile
de le faire congédier, en informant
Séphora qu'il n'était point son mari,
et Gonzalve, que les princesses Abaquaba et Ibiquibi, les requins et saint
Jacques de Compostelle, étaient autant de chimères imaginées par mon-

sieur le chapelain ; mais Mendoce pouvait découvrir cette menée, passer de l'indifférence à la haine, la revendre à quelque roturier, la donner même à quelque goujat. Sans ces considérations, quel tapage elle eût fait ! Elle plus jolie, plus aimable, plus enjouée que cette Séphora, qui ne pouvait avoir, aux yeux du petit traître, que le très-mince mérite de la nouveauté. Ainsi pensait Silvia, ainsi pensent toutes les femmes sur le compte de leurs rivales.

Gonzalve, vieux, cassé, n'ayant plus que le souvenir de ses qualités physiques, avait cependant conservé un libertinage de tête, qui ne va pas loin, mais qui ne laisse pas d'amuser celui qui est forcé de s'en tenir là. Il savait sa femme par cœur ; il continuait de fourrager par habitude, mais sans plaisir, et le sixième jour de l'arrivée du chevalier, il lui passa par la tête que de nouveaux appas pouvaient être piquans à parcourir, et opéreraient peut-être une espèce de résurrection. Il était d'ailleurs naturaliste, et l'histoire naturelle d'une princesse africaine ne doit pas ressembler à celle d'une aragonnaise. Il n'y avait qu'une difficulté, c'est que Mendoce était jeune et beau, qu'il était vieux et laid, et femme qui se prête à une infidélité, veut pouvoir compter sur un bénéfice clair.

Cependant ce beau chevalier était le mari de la princesse; les maris jeunes et beaux négligent leurs femmes, et les femmes n'aiment pas à être négligées. Un vieillard bien empressé, bien tendre, faisant peu, mais essayant l'impossible, prouve au moins sa passion, et les femmes aiment les hommes passionnés. D'ailleurs le preux Almanzor faisait voyager sa princesse à pied, lui faisait faire maigre chère, et elle trouverait au château le nécessaire et le superflu, motif tout puissant sur une femme qui a raison de craindre que la pauvreté n'altère sa fraîcheur. A la vérité, Séphora pouvait trouver extraordinaire qu'une étrangère s'établît chez son époux; mais un vieillard madré a tant de moyens d'en faire accroire à une femme de dix·huit ans, qui n'a d'expérience que celle qu'il lui a communiquée, et c'est si peu de chose que cela! Il était possible qu'Almanzor prît de l'humeur en se voyant souffler sa femme; mais si cette femme s'obstinait à rester, ou si elle partait pour revenir, qu'aurait à se reprocher le vieux châtelain, et qu'entreprendrait un jeune homme contre un sexagénaire qui ne pouvait plus soutenir une lance? Et puis

n'avait-on pas main-forte au château?
Gonzalve arrêta donc à part lui, qu'il
saurait comment sont faites les princesses africaines.

Il fit l'empressé auprès d'Abaquaba,
et Mendoce n'eut pas l'air de s'en
apercevoir : il fallait qu'il jouât le
mari; mais il s'applaudissait intérieu-
rement d'une fantaisie qui lui donne-
rait plus de liberté. Il se conduisit
cependant avec une extrême circonspection, parce qu'il savait que le mari
le plus convoiteux de la femme du
prochain, ne se soucie pas du tout
que le prochain convoite la sienne.

Un jour pourtant que Silvia et
Gonzalve se promenaient dans le parc,
Séphora, qui les voyait de sa chambre,
descendit sans autre intention sans
doute, que de savoir ce qui occupait
si fort le chevalier avec les ouvriers
du château. Mendoce la voit, va au-

devant d'elle, lui remet une quinzième ou seizième épître, que Séphora lui rend avec les précédentes, en lui disant à demi-voix : « Parlez-moi, si vous avez quelque chose à me dire, mais ne m'écrivez plus : je ne sais pas lire ».

Elle avait cela de commun avec la plupart des belles dames de ce temps-là, mais ce n'était pas moins diabolique pour Mendoce. Que de peines, que d'esprit il avait perdu ! « Hé bien, madame, puisque vous ne savez pas lire, il faut s'expliquer clairement, et surtout brièvement : je vous adore. — Ah ! c'est là ce que vous m'écriviez ! — Que puis-je espérer ? — Rien. — Quoi ! mon amour.... — Il m'offense, il outrage mon époux, qui vous a reçu comme un père ». Séphora ne pensait pas précisément tout cela; mais sa gouvernante lui avait appris ces

ces expressions banales qui éloignent l'homme qui aime faiblement, et qui font faire à l'amant passionné les extravagances qui prouvent la sincérité de son amour, distinction qu'une femme sage est toujours bien aise de pouvoir faire.

Gonzalve et Silvia, qui aperçurent Mendoce et Séphora, se hâtèrent de les joindre pour n'avoir pas l'air d'être en tête-à-tête; Mendoce, toujours maître de lui, se plaignit amèrement de ce que Séphora répétait de travers son rôle de la sainte Vierge; Séphora, qui ne savait de quoi il était question, mais qui avait, comme toutes les femmes, l'esprit du moment, répliqua avec aigreur à Mendoce qu'elle ne pouvait savoir des vers qu'il ne lui avait lus que deux fois; Gonzalve se plaignit de ce que Mendoce avait trahi son secret; Mendoce répliqua que la Vierge ne pouvait écouter l'ange Gabriel, et lui répondre convenablement, s'ils ne commençaient par s'entendre : « Oh! oh! oh! dit Gonzalve en riant, la princesse jouera parfaitement la Volupté, et sans leçons. — Et vous jouerez aussi saint Joseph à miracle. — Vous croyez? — Je vous en réponds. — Bon, bon : continuez vos leçons à la Vierge, moi, je vais faire travailler la Volupté ».

Les deux couples se séparent. Le châtelain et la sultane s'enfoncent dans un bosquet; Mendoce en cherchait un opposé; mais Séphora voulait savoir ce que faisaient les charpentiers, elle voulait avoir une idée générale de la fête; elle voulait surtout que Mendoce lui répétât plusieurs fois quelques tirades saillantes de son rôle, et pour cela il n'était pas nécessaire de chercher l'ombre et le secret. Mendoce insista, elle se défendit en femme décidée; il céda, persuadé qu'elle évitait toute espèce de conversation particulière : moi, je crois qu'elle n'était que prudente, et qu'elle voulait seulement avoir l'air de s'être occupée de la fête, et pouvoir répondre à son cher époux, s'il lui plaisait de lui en parler. Le rusé Mendoce jugea qu'avec une pareille femme il n'y avait rien à attendre que d'une circonstance heureuse, qu'elle éloignerait, qu'il fallait faire naître, et dont il était essentiel de savoir profiter. Trufaldin avait pris sans difficulté le rôle du Diable, qui choquait son amour-propre, parce qu'il voulait entretenir Mendoce dans une parfaite sécurité. Il passait à l'étudier le temps qu'il employait ordinairement en remontrances, il était assez avancé; Silvia avait peu à dire, et était prête;

Gonzalve n'avait que quatre vers, mais il avait beaucoup d'action dans tous les rôles. Mendoce représenta la difficulté de prendre de l'ensemble, la gloire qu'il y aurait à surprendre la noblesse des environs par l'exécution vraie et précise d'une chose tout-à-fait nouvelle; il conclut en déclarant qu'on n'arriverait à ce but qu'à force de répétitions.

Gonzalve fut entièrement de cet avis, une seule difficulté l'arrêtait; c'est que la copie de la sainte maison de Lorette n'était pas terminée. Mendoce répondit qu'il arrangerait quelques chambres du château, de manière à pouvoir répéter son mystère. En effet, il coupa une vaste salle en deux avec des tapisseries de haute-lice très-exactement cousues ensemble. D'un côté il établit l'oratoire de la Vierge, et de l'autre le laboratoire de saint Joseph.

Une croisée en face de l'oratoire ouvrait sur un beau verger; c'est de là
que la Volupté et le Diable devaient
tenter la brune Marie; pour l'ange
Gabriel, qui n'avait pas encore ses
ailes, il convint d'entrer tout bonnement par la porte. Le public devait
voir commodément tous les acteurs,
en supposant abattu le mur qui fermait
la maison du côté du verger, et qui
ne se trouverait pas à la cellule qu'on
bâtissait dans le parc.

La leçon bien faite à chacun, saint
Joseph passe dans son laboratoire,
prend sa hache, et se met à équarrir
un chevron. Deux ou trois polissons,
qui devaient figurer des chérubins,
étaient autour de lui. L'un retournait
la pièce de bois quand le saint personnage l'avait suffisamment hachée
d'un côté; l'autre ramassait précieu-
sement les copeaux; le troisième re-

cevait, dans une bouteille, les *hans* que le saint charpentier poussait à chaque coup de hache, tableau aussi piquant que varié, et qui enchantait le seigneur châtelain.

La croisée était ouverte, et le Diable présentait à la Vierge la Volupté dans un désordre et dans des attitudes propres à faire naître certaines idées. La sainte Vierge, à genoux, ne levait pas les yeux de dessus son livre, et faisait force signes de croix, qui ne produisaient aucun effet sur l'esprit tentateur. Le Diable, plus enflammé, plus entreprenant que jamais par les charmes que son rôle lui permettait de découvrir et de toucher, attendait avec impatience que l'apparition de Gabriel le chassât, avec la Volupté, dans le fond du verger. Un moraliseur est un homme comme un autre.

Ce beau Gabriel paraît enfin, pro-

nonce un exorcisme en vers pompeux,
les ennemis du salut disparaissent, et
saint Joseph, qui ne doit rien savoir
de l'étonnante visite que reçoit sa femme, continue à travailler. Gabriel s'approche de la Vierge, et sans préambule,
sans perdre de temps, il débute avec
la pétulance d'un petit-maître et la vigueur d'un Alcide. La Vierge prie,
conjure à voix basse; Gabriel n'écoute
rien, et ne lui dit que ces mots : « Votre
mari est là, et je suis décidé à tout ».

Il était aimé, la Vierge était prudente, sa tête était échauffée...............
Elle la perdit tout-à-fait.

Saint Joseph, tout à son rôle, dit
en soufflant, et appuyé sur sa hache :

> Non, mon espoir n'est pas déçu :
> Honneur à ma rare industrie,
> Ma pièce est enfin équarrie.
>
> Et la sainte Vierge a conçu.

reprend l'ange Gabriel.

C'était le dénouement, et certes il n'était pas malheureux. Gonzalve passe par-dessous la tapisserie, et vient embrasser sa femme en se frottant les mains. Il la trouve sur son prie-dieu, qu'elle n'a pu quitter, le corps voluptueusement penché en arrière, et soutenu sur ses deux coudes, son visage, rouge comme du feu, qu'elle s'efforçait de cacher dans ses mains : « Bravo ! bravo ! s'écria-t-il, quelle vérité ! Oh ! je n'en reviens pas : je crains que madame ne retrouve pas devant le public ce beau mouvement d'émotion. Je ne le crois pas non plus, dit Mendoce en souriant ; mais il n'est pas nécessaire, pour que la représentation plaise, qu'elle soit portée à ce degré de vérité : faisons de suite une seconde répétition, pour ne rien perdre des effets que nous avons trouvés. —Excellente idée, mon ami, et si ma femme n'est pas fatiguée.... — Oh! madame ne saurait l'être encore ». Séphora n'était pas remise, elle ne savait que répondre, ni que faire; elle resta sur son prie-dieu, et regarda le chevalier d'un air moitié tendre, moitié colère. Après tout, elle n'avait consenti à rien; ce qui était fait était fait : le caractère imprimé aux Josephs ne peut s'effacer, et quelques fois de plus ou de moins ne font rien à l'affaire.

Gonzalve court pesamment après la Volupté et le Diable, qu'il fallait ramener pour commencer une seconde répétition. Séphora, la belle, la trop sensible Séphora saisit ce moment pour donner un libre cours à son désespoir, à ses larmes, à ses reproches, ou peut-être pour jouer tout cela. Mendoce n'était pas novice; il savait que femme qui aime pardonne

toujours ce qu'elle n'a pas dû permettre, et qu'il n'est qu'un moyen de
mériter le pardon. Il mérita le sien
d'une manière si complète, que Séphora lui donna d'elle-même le baiser de paix.

Gonzalve avait trouvé la Volupté
dans un désordre un peu plus carac-
térisé que celui qu'il fallait pour la
scène; cependant il n'avait rien vu
qui pût établir des soupçons fondés.
D'ailleurs il n'était pas possible qu'une
sultane préférât un pauvre chapelain
à un seigneur d'importance : ainsi
raisonne l'amour-propre. La vérité
est que l'ardente Silvia se voyait né-
gligée par Mendoce; elle avait éprouvé
que Gonzalve ne pouvait rien; Trufaldin n'était pas beau, il n'était pas
jeune, mais il était homme, très-
homme. Il ne s'était pas arrêté à des
propositions qui valent des soufflets;

il avait agi tout bêtement, et, ma foi,
on l'avait laissé faire.

On répète une seconde, une troisième fois : on répéta le lendemain,
le surlendemain, et Séphora finit par
demander elle-même des répétitions.
Mendoce n'en pouvait plus, Trufaldin
marchait courbé sur sa canne; Gonzalve se moquait d'eux, et jurait qu'il
était infatigable, et qu'il répéterait cinquante fois par jour : je le crois.

Ce jour qu'on attendait si doucement, et pour lequel on avait fait de
si grands préparatifs, parut enfin. La
sainte maison était placée sur une émi-
nence couverte de gazon : derrière la
maison étaient les ménétriers, qu'on
avait soigneusement cachés dans des
arbustes, pour que cette musique invi-
sible parût tout-à-fait céleste. Elle
devait avoir toute l'harmonie que nous
supposons à celle des anges, car il

faut toujours et partout que le specta-
teur aide un peu à lettre, et cherche à
se faire illusion.

Sur un côté de la sainte maison
était une touffe de coudriers, dont
Mendoce avait fait abattre le centre :
c'était la loge où devaient s'habiller
les acteurs, et où devait être un buffet
de rafraîchissemens.

En avant de la maison étaient des
gradins en amphithéâtre. Les premiers
étaient couverts des tapisseries dont
on pouvait se passer au château, et
de toutes les housses des mulets, bro-
dées aux armes du châtelain : ces gradins étaient réservés à la haute noblesse.
Les autres, en simples planches, étaient
destinés aux écuyers, aux gentillâtres,
aux gens de service, aux manans que
la curiosité attirerait.

Dans un coin du parc on avait établi les cuisines : il fallait que tout fût

champêtre. Un bœuf entier tournait embroché par un baliveau de quatre ans; trente serfs étaient commandés pour le servir sur un brancard garni en dessous de terrines pour recevoir le jus que ferait couler à flots monsieur l'écuyer tranchant. Près du bœuf, rôtissait un veau de très-belle apparence; à dix pas de celui-ci cuisaient modestement trois moutons; enfin on avait enfilé, dans trois vieilles lances suspendues les unes sur les autres, faisans, perdreaux, oisons, poulets et autres volailles.

Autour d'une table de six cents couverts, qu'ombrageaient de vieux chênes, étaient rangées debout vingt à trente pièces de vin, et une salle verte avait été percée, battue et sablée, pour le bal.

Déjà le cornet sonnait à chaque

instant du haut de la tour; déjà le
château s'emplissait de gens, et les
écuries de mules. Gonzalve, enchanté
des dispositions de son cher ami Almanzor, recevait ses convives avec
l'empressement que donne la vraie
gaîté, et leur promettait une journée
miraculeuse. Mendoce s'était échappé
de la foule, il était monté chez Séphora, qui se formait de jour en jour,
et qui savait déjà éloigner ses femmes
sous des prétextes si naturels, que
les plus fins eussent été en défaut.
Ils se dédommageaient bien innocem-
ment de la contrainte qu'ils éprou-
veraient dans la journée, et dans les
intervalles d'un dédommagement à
un autre, Mendoce, qui n'avait pas
de raisons de rien cacher à une femme dont il s'était assuré, et qui peut-
être était flatté de lui apprendre
qu'il n'était rien moins qu'un aven-

turier, Mendoce contait à Séphora sa
véritable histoire.

Séphora jouissait du plaisir d'avoir
fixé un des premiers seigneurs de la
Catalogne; elle s'applaudissait surtout de ne trouver dans cette épouse
qu'elle craignait tant, qu'une esclave
dont on disposerait, si on avait intérêt
à l'éloigner; elle voyait dans la sécurité de son mari, son goût pour les
fêtes, et dans la féconde imagination de
Mendoce, des moyens sûrs de perpé-
tuer une intrigue qui faisait le bonheur
de sa vie. Elle couvrait son amant de
caresses; elle souriait aux sermens
qu'il lui faisait d'aimer toujours, sermens qu'il prononçait de bonne foi,
bien qu'il en eût violé mille de cette
espèce, et que rien ne dût lui faire
croire qu'il tiendrait plutôt ceux-ci
que les précédens; mais notre cœur
est fait ainsi : *la passion voit tout*

éternel, et la nature humaine veut que tout finisse.

La grosse cloche du château a sonné, on se rassemble de toutes parts. Mendoce présente à une assemblée aussi nombreuse que brillante, sa Séphora, parée des mains de l'art, et embellie par celles du plaisir, sa Séphora, qui ne voit que lui dans une foule de jeunes chevaliers qui semblent se disputer un seul de ses regards, sa Séphora, qui n'a qu'une attention, qu'un travail, qu'une gêne, c'est de cacher l'amour qui la consume et qui la nourrit.

On dîne, on mange, on boit, on rit. Gonzalve prie son cher Almanzor de commencer l'enchantement ; il avait fait des couplets délicieux : le bonheur n'en dicte pas d'autres. Silvia et Trufaldin l'accompagnaient de leurs guitares : cette nouveauté enchaînait toutes les langues, flattaient toutes les oreilles. Pas un vers sentimental que chaque femme ne pût s'appliquer, pas un qui ne fût fait pour Séphora, pas un qu'elle ne s'appliquât. Ivre de son amour, de celui de son amant, de ses grâces mâles et fières, elle croyait n'avoir plus rien à désirer. Les éloges flatteurs dont on le combla lui procurèrent un plaisir dont elle n'avait pas d'idée, celui de le voir recherché, caressé, honoré par des gens dont l'hommage désintéressé n'était que plus flatteur. Il semble qu'un cœur amoureux s'enrichisse de l'éclat, des qualités, des succès de l'objet aimé.

Gonzalve s'était enroué à force de crier, bravo! « Messieurs, criait-il, messieurs, j'ai imaginé ces fêtes parce qu'il faut des plaisirs innocens à une femme sage »! Ici Séphora rougit. « L'homme qui les dirige, l'homme

que vous applaudissez, et qui vous
étonnera encore davantage, n'a pas
reçu de récompense; je lui réserve à
vos yeux celle qui doit flatter le plus
un chevalier : allons, Almanzor, levez-
vous, et, pour la première fois, embrassez madame, je le permets ».

Mendoce se lève en riant de tout
son cœur : « Voyez, voyez, disait
Gonzalve à un seigneur qui était près
de lui, ce baiser ne lui fait pas la plus
légère impression. Oh, c'est un garçon sage, réservé........ Voyez, voyez
comme madame rougit. Ils ont pourtant répété souvent ensemble; mais
c'est qu'elle est d'une pudeur, d'une
chasteté!............ Heureux, mon ami,
cent fois heureux l'homme à qui le
ciel accorde une pareille femme » !

Les tambours battent, les fifres
jouent, les trompettes sonnent, tout
annonce des plaisirs nouveaux. On

quitte la table, on court, on s'em-
presse, les acteurs s'habillent, les
spectateurs se rangent, les invisibles
ménétriers commencent; quarante violons raclent à la fois la même partie
d'une vieille chanson faite en l'honneur du Cid, et on s'extasie, et on
applaudit des pieds et des mains. Ce
n'est pas que l'air eût rien de bien
étonnant, mais jamais quarante violons
ne s'étaient trouvés ensemble depuis
l'invention de l'instrument, et ces
sons aigus, qui sifflaient à travers les
branches ou qui arrivaient sur les ailes
du vent de bise, avaient quelque chose
de si extraordinaire pour des gens
qui n'avaient vu aucune de nos merveilles, qu'il n'est pas permis de se
moquer d'eux. Ce n'était rien encore :
des héros d'armes annoncent que la
maison qu'on voit est celle de la
sainte Vierge, et qu'on va représenter

le Mystère de la Conception, rendu par des figures vivantes. On ne se possède plus ; le délire est au comble.

La sainte Vierge est en costume; sa figure céleste est voilée, ses mains officieuses ont attaché les ailes à l'ange Gabriel, et sa belle bouche a dit bien bas : *Pour la première fois, l'amour les coupera ce soir.* Le Diable s'est coiffé de son bois de cerf, saint Joseph a pris sa hache, ses chérubins l'entourent; douze rideaux, qui n'en font qu'un, se tirent sur un long cordeau de la buanderie de madame; des mains déjà enflées applaudissent à la bonhomie du représentant du patron des bons maris : on regarde la Vierge; toutes les femmes envient ses charmes, tous les hommes voudraient être l'ange Gabriel. Personne, hélas! ne se doutait de l'accident dont il était menacé.

On avait à peine débité dix vers,

que le majordome annonça un grand seigneur catalan, que la renommée avait instruit de la magnificence de la fête, et qui venait pour y prendre part. Il était suivi de ses écuyers et de cinquante hommes d'armes; ce qui n'était pas suspect alors, parce que les grands voyageaient ainsi, et en mettant pour le souper un bœuf de plus à la broche, on était sûr de traiter dignement ce seigneur et son escorte.

Saint Joseph oublia un moment son rôle, et vint féliciter l'arrivant. L'arrivant lui dit à l'oreille qu'il avait quelque chose de la plus haute importance à lui révéler; saint Joseph répondit qu'il ne pouvait donner audience à personne que lorsque la sainte Vierge aurait conçu, et que tout ce qu'il pouvait faire, c'était de recommencer les dix vers qu'il avait

débités. Il retourne à sa place, reprend
sa hache, et recommence. C'est de
cette époque que les prédicateurs ont
pris l'usage de recommencer leur sermon, lorsqu'un personnage distingué
entre, même à fin du discours.

Tout alla fort bien jusqu'à l'entrée
de l'ange Gabriel. Il était monté à la
croisée sur une échelle, ainsi que
cela se pratique encore à présent,
et il s'était couché sur le ventre, les
ailes étendues, au bout d'une planche
frottée de savon vert, qui allait en
baissant jusqu'au pied de l'oratoire
de Marie, et qui était barbouillée en
jaune, pour figurer un des rayons de
gloire qui accompagnent ou qui pré-
cèdent l'ambassadeur du Saint-Esprit.

L'ange galant s'agenouille devant
la séduisante Marie, et la salue d'un
Ave Maria. Toutes les femmes se

disent à l'oreille que le bel ange est
digne d'être le père du Sauveur; les
hommes se disent que la Vierge mérite d'en être la mère et l'épouse, ce
qui, à la rigueur, pouvait être sans
inceste, puisque c'était le bon Dieu
qui se faisait lui-même. Oh! si nous
avions tous cette faculté, que de per-
fections nous rassemblerions sur nous!
Taille, tournure, fraîcheur, jeunesse
éternelle, fortune immense, que de
choses nous nous donnerions! Pour de
l'esprit, du jugement, de la moralité,
personne n'y penserait sans doute,
car nous savons tous que nous avons
de tout cela beaucoup plus qu'il n'en
faut.

Au milieu de ces murmures d'ap-
probation, le seigneur catalan s'était
levé, regardait l'ange Gabriel, le reconnut au son de voix, et s'écria:
« Par la sambleu! je crois que voilà

mon drôle »! Le fripon d'ange, frappé
de l'organe qui a articulé ces paroles,
regarde aussi, et s'écrie à son tour :
« Par là sambleu! je crois que c'est
mon père »! Il repasse par sa fenêtre,
prend son échelle, la jette dans les
jambes des chevaux de quelques hommes d'armes du papa, qui voulaient
lui disputer le passage; sans chausses,
sans haut-de-chausses, il court à travers le bois en petite tunique blanche
qui ne descend qu'aux genoux, et il
est arrêté à chaque pas par ses grandes
ailes qui ploient, qui cassent, qui se
déplument, et qu'il n'a pas le temps
d'arracher tout-à-fait.

A ces terribles mots, *voilà mon
père*, Séphora, qui sait ce qu'a à
craindre son amant, se trouve mal;
Trufaldin, qui veut recueillir le prix
de son zèle, n'entend pas que le jeune
homme s'échappe; il court après lui

en

en habit de diable, son bois de cerf noué sous le menton, et l'appelle en feignant de vouloir l'accompagner, mais en effet pour avertir les hommes d'armes de la route qu'il prenait. Les hommes d'armes que le comte d'Aran avait mis prudemment en vedette, avaient vu passer un ange et un diable, et ne sachant rien de ce qui se faisait à cent pas devant eux, ils avaient été terrifiés et restaient immobiles, comme vous le seriez si les fantômes de Robertson vous apparaissaient au milieu de la nuit, sans que vous fussiez prévenu. La Volupté cherchait à faire revenir la sainte Vierge; saint Joseph, avec sa bonhomie ordinaire, les fourrageait toutes deux; les spectateurs, empressés de l'aider, sautèrent par-dessus les bancs, renversèrent, éteignirent quatre flambeaux qui éclairaient la scène. Quand on est

dans les ténèbres, il faut nécessaire-
ment jouer des mains, et ce jeu - là
mène promptement à un autre. On
était mêlé; celui qui rencontrait une
femme s'accrochait à elle quand les
formes ne le repoussaient pas; celle
qui trouvait à prendre s'accrochait,
et ne lâchait prise que lorsqu'il ne
restait plus rien. Alors on accrochait,
ou on se laissait accrocher ailleurs.
Le tumulte dura jusqu'au jour, et
personne ne s'en plaignait, parce que
chacun y trouvait son compte. Quelle
nuit pour les vieilles dont les ruines
se soutenaient encore! quelle nuit pour
les jeunes qui avaient rencontré leur
amant! quelle nuit pour les amans
qui soupiraient après l'instant du bonheur! quelle nuit pour les amans
qui brûlaient d'être infidèles! quelle
nuit pour les maris qui désiraient un
héritier de leur nom, et qui par

amour-propre croyaient leurs femmes stériles! Oh! mais, c'est qu'il y eut des enfans de faits! il y en eut! il y en eut! Vous seul pouvez les compter, mon Dieu! et tout cela pour célébrer la Conception de madame votre mère.

Laissons le Diable et l'ange Gabriel courir les champs. Revenons aux comtes d'Aran et de Cerdagne, depuis si long-temps oubliés.

D'Aran avait fait arranger la tour du Nord pendant que Trufaldin était allé lui chercher son fils. Les portes étaient réparées, les serrures rouillées étaient frottées et huilées, des grilles neuves étaient posées aux fenêtres, un domestique bègue, sourd et ne sachant pas lire, était chargé des fonctions de geôlier. Il devait fournir au jeune captif d'excellens alimens, parce qu'il ne faut dans aucun cas altérer l'esto-

mac d'un fils unique; il lui était en-
joint en outre d'ouvrir sa fenêtre deux
heures par jour, pour renouveler l'air
de ses poumons. Quant à l'exercice,
on jugea qu'il en avait assez pris à
Sarragosse, et de toutes les manières,
pour pouvoir s'en passer pendant quelques mois.

La comtesse d'Aran n'avait pas vu
d'un bon œil ces rigoureux préparatifs. Elle était mère, bonne mère,
et ce sexe indulgent le devient davantage quand le coupable est aussi cher.
Elle avait essayé plusieurs fois de
fléchir son mari, qui était bon père
aussi, mais qui avait de la fermeté,
et même de la roideur dans le caractère, et qui termina les sollicita-
tions par un *je le veux*, prononcé
avec la dignité d'un héros du douzième siècle.

Depuis quinze jours on attendait le

prisonnier, et on n'en avait pas de nouvelles. On comptait les heures, les minutes; madame d'Aran ne dissimulait plus ses alarmes, le comte renfermait les siennes, mais le Diable n'y perdait rien.

Il était en effet extraordinaire que Trufaldin n'écrivît pas s'il était arrivé quelque chose de funeste; il n'était pas vraisemblable que sept à huit hommes armés qui l'accompagnaient eussent tous péri, et aucun n'avait reparu. Le comte voulait faire partir quelques écuyers pour Sarragosse; la comtesse observait que la goutte laissait du relâche à son mari, et qu'il est des cas où on ne doit s'en rapporter qu'à soi-même. Le comte se décida donc à se mettre dans sa litière; il se fit accompagner d'une forte escorte, et partit pour aller luimême aux informations.

Son premier soin en arrivant à
Sarragosse, fut d'aller présenter ses
respects au prêtre-roi, qui le reçut
fort bien, mais qui ne put lui donner
des nouvelles de son fils, parce qu'on
n'avait pas encore imaginé les lieu-
tenans de police, les exempts, les
inspecteurs, les mouchards, le guet,
les réverbères, et tant d'autres moyens
de servir les uns et de désoler les
autres. Aussi se couchait-on à sept
heures dans la capitale du royaume
d'Aragon, parce que les rues n'étaient
point pavées, qu'on risquait, en sor-
tant la nuit, de se mettre dans la
boue jusqu'aux aisselles, ou d'être
dépouillé par les filous, ou de recevoir sur la tête des cassolettes, que
chacun avait le privilége de vider par
sa fenêtre.

En récompense, c'était une ville
charmante le jour. Le boulanger vous

vendait à faux poids, le boucher vous donnait de la viande pourrie, le marchand de vin vous faisait boire du poiré pour du vin blanc; on vous égorgeait chez les filles, on vous volait dans les tripots. Vous opposiez votre poignard à ces petits inconvéniens; il servait vos haines personnelles, votre ambition, votre intérêt, et si vous pouviez, après avoir poignardé sept à huit personnes, gagner la porte d'une église, d'une chapelle, d'un couvent, il n'était plus question de rien. Oh! que nous avons raison de regretter le bon vieux temps!

Ce n'était pas tout-à-fait la même chose dans le quartier de la cour. On n'y était assassiné qu'en duel, parce qu'une garde nombreuse veillait sur toutes les avenues qui conduisaient jusqu'au prince; on n'y craignait que des indigestions, parce que les pour-

voyeurs se faisaient donner ce qu'il
y avait de mieux; les dames ne vous
volaient point, parce que vous leur
prêtiez volontairement de l'argent
qu'elles vous rendaient en toute autre
monnaie; on n'osait vous accuser d'un
crime, parce que vous appeliez au
jugement de Dieu, que vous faisiez
venir votre accusateur en champ clos,
et que si vous aviez le bras bon, vous
prouviez évidemment votre innocence
en lui passant votre lance au travers
du corps. Aussi le quartier de la cour
était celui de tous ceux qui laissaient
à la canaille les petites friponneries,
les forfaits obscurs dont j'ai parlé
plus haut : c'était là que le comte
d'Aran avait pris un logement. Tous
les matins il montait sur sa mule, et
parcourait les différens quartiers de
la ville, suivi de quatre officiers. Il
prenait des informations, n'apprenait

rien, revenait s'ennuyer orgueilleuse-
ment auprès du monarque, qui tom-
bait dans l'enfance; de ses courtisans
qui le regardaient comme un provin-
cial, et des dames de la cour, qui
ne prenaient pas garde à lui, parce
qu'il était vieux.

Ce genre de vie l'ennuya bientôt.
Il sentit qu'il était plus agréable de
commander dans ses domaines que de
ramper à la cour; il sentit que toutes
ces beautés capricieuses ne valaient pas
une épouse, dont les soins tendres,
empressés, soutenus, dont la société
égale et douce effaçaient les rides nais-
santes : mais comment retourner auprès d'elle sans lui apporter des nouvelles de son fils?

Fidèle à la loi qu'il s'était imposée
de passer ses matinées en recherches,
il aperçut un jour un des gens qui
avaient accompagné Trufaldin. Ce

drôle, ainsi que ses camarades, s'était
bien trouvé du séjour et de la licence
d'une grande ville; ils l'avaient pré-
féré aux travaux utiles et honnêtes
qui avaient occupé leur première jeunesse, et ils avaient pris chacun un
maître qui les habillait, les nourris-
sait, les payait bien, et ne leur donnait rien à faire. C'est depuis ce temps
que les jeunes paysans ont pris la
louable habitude de quitter la charrue,
de venir endosser la livrée dans la
capitale, de passer les journées en-
tières à la porte de l'hôtel, à ricaner
au nez des passans, ou à faire pis.

Le comte d'Aran n'eut pas plutôt
aperçu celui-ci, qu'il poussa sa mule,
le fit entourer par ses estafiers, et lui
ordonna de lui dire ce qu'était devenu
son fils. Le drôle répondit qu'il appartenait à M. le comte de Pardès, qui
ne souffrirait pas qu'on insultât sa

livrée, et qu'il exigeait, au nom de
son maître, qu'on lui laissât le passage libre. Comme il était convenu,
entre gens d'un certain rang, qu'un
père infortuné, ou tout autre, ne
pourrait faire parler un coquin qu'autant que son maître le trouverait bon,
le comte d'Aran fut trouver le comte
de Pardès, commença par l'informer
des égards qu'il avait eus pour son
nom, lui exposa ensuite le sujet de
son voyage, et apprit, selon toutes
les règles de l'étiquette du temps, que
son fils et Trufaldin étaient disparus,
et couraient le pays. Le malheureux
papa n'était plus en état de courir
comme eux ; il reprit tristement le
chemin de son manoir, et voulut, en
passant, avoir la consolation de s'affli-
ger avec son cher Cerdagne.

Cerdagne avait cinquante ans, mais
nulle infirmité. Il ne jouait plus que

rarement avec la petite Rotrulde, qu'il gardait à peu près par reconnaissance. Tous ses goûts, tous ses plaisirs, tous ses vœux se réunissaient sur sa fille, belle au-delà de l'expression, aimante comme sa mère, douce comme madame d'Aran, aimable et polie comme son père. Seul capable de faire l'éducation de Séraphine, il avait formé son esprit, et lui avait communiqué ces qualités séduisantes auxquelles il avait dû tant de brillantes aventures, et dont elle était incapable d'abuser.

Tout-à-fait revenu des étourderies de sa jeunesse, Cerdagne ne haïssait pas les jeunes gens étourdis. Il prétendait qu'un sage de vingt ans doit n'être qu'un sot à trente, et au lieu de se répandre en doléances pendant le long récit de l'ami d'Aran, il rit beaucoup des extravagances de son gendre futur, et en plaisanta tant, que

d'Aran étonné, s'arrêta au moment
où il allait assaisonner sa péroraison
de quelques larmes qui, selon lui,
devait faire un grand effet sur son
auditeur.

« Je n'aurais pas cru, dit-il en
remettant son mouchoir qu'il avait tiré
d'avance, je n'aurais pas cru qu'il y
eût le mot pour rire dans tout cela.
— Je ne vois pas qu'il y ait de quoi
pleurer : ton fils fait des sottises à
dix-huit ans, tant mieux. — Comment,
tant mieux! — Aimerais-tu mieux
qu'il en fît après être marié? — Je
ne veux pas qu'il en fasse du tout.
— Un jeune homme vif, enjoué, aimable, ne pas faire de sottises! — Je
n'en ai pas fait, moi. — Hé bien, il
paie ta dette. — Il me paiera la sienne;
la tour du Nord l'attend. — Es-tu
fou? — Je suis juste. — Tu ne sais
ce que tu dis; la justice n'est autre

chose que l'action de rendre à soi-
même et aux autres ce qui leur est
dû : ton fils ne mérite pas d'être en-
fermé dans une vilaine tour, parce
qu'il t'a mangé de l'argent, et qu'il
court l'Aragon pour se soustraire à
ta sévérité; voilà pour lui. Tu ne te
donneras pas le chagrin de le voir
souffrir, tu ne t'exposeras pas à perdre
son cœur par une rigueur inutile; voilà
pour toi. — Inutile, dis-tu? — Très-
inutile. Mon ami, la nature fait les
têtes folles, et la nature seule les
mûrit; renverse tes grilles et tes verroux, embrasse ton fils quand tu le
verras, recommande-lui d'être sage;
il te le promettra, et il tiendra parole
s'il le peut : voilà tout ce que je vois
à faire dans cette circonstance. — Et
tu lui donneras ta fille? — Oui, parbleu, je la lui donnerai. J'en ai fait
bien d'autres à son âge; en ai-je moins

été excellent mari, bon père, bon ami?
Tu ne sais pas, toi qui as toujours été
sage, quel ascendant prend sur une jeune
tête une femme belle, aimable et vertueuse. — Ce malheureux Mendoce,
que fait-il à présent? — Des étourderies; que veux-tu qu'il fasse? — Pas
de ressources! pas d'argent! — Ah!
avoue donc que tu serais trop heureux
de pouvoir lui en envoyer : tu me fais
pitié, avec ta tour du Nord.—Il tombera
dans la misère. — Tant mieux encore.
— Je ne vois pas cela. — Hé! mon
ami! l'infortune est le grand précepteur des jeunes gens; il n'y a pas de
sermons, de verroux qui vaillent
ses utiles leçons. — Mais, s'il pâtit?
— Nous le remettrons. — S'il est re-
jeté? — Il poussera plus loin. — Ou-
tragé? — N'a-t-il pas une épée?
— Tu me fais frémir. — Allons,
toujours extrême! Tout à l'heure tu

étais un homme dur, te voilà maintenant père pusillanime. — Si du moins
je savais où il est! — Il faut le chercher. — Puis-je courir sans cesse, m'exposer à être repris de ma goutte dans
un bois, dans un village? — Je courrai
pour toi. — Ah! mon ami! mon digne
ami! — Pas de remercîmens, tu ne
m'en dois pas; il faut bien que je tâche
de retrouver mon gendre : retourne
dans ton château, envoie quelques-uns
de tes gens, car je ne connais pas ton
fils; je me mettrai à la tête de tout
mon monde, nous nous partagerons
en quatre troupes; nous fouillerons
la Catalogne, l'Aragon, les deux Cas-
tilles, et quelque sottise d'éclat nous
le fera retrouver.

Le comte d'Aran repartit pour son
château, persuadé par Cerdagne qu'il
ne faut exiger de la jeunesse que ce
qu'elle peut donner, et que les pères

les plus sévères ne sont pas les plus
heureux. Il consola un peu sa femme
en lui rappelant l'adresse et la vigi-
lance de son ami; ils espéraient tout
de l'avenir, en pensant que la raison,
cachée sous l'amabilité de Cerdagne,
pourrait beaucoup sur leur cher Mendoce; une seule chose leur paraissait
inexplicable, c'était que Trufaldin,
qui leur devait tant, qu'ils croyaient
digne de leur confiance, eût consenti
à partager les travers et la fuite de
son jeune maître : c'était sur lui que
devaient retomber les effets d'une colère que Cerdagne avait détournée de
Mendoce. On ne trouvait pas de châtimens assez sévères pour punir sa
perfidie, quand le vieux écuyer de
saint Joseph parut avec la lettre de
ce pauvre Trufaldin.

Elle fit passer tout-à-coup cette
famille désolée, de l'excès de la dou-

leur au comble de la joie. Le comte
d'Aran ne connaissait pas le seigneur
Gonzalve, qui avait passé les deux
tiers de sa vie dans une entière obscurité; mais il comptait avec raison sur
les égards que personne ne pouvait
refuser à un nom illustré par ses aïeux
et par lui. Cependant un héros a la
goutte comme un chanoine; d'Aran
sentait quelques picotemens provoqués
par le voyage assez pénible qu'il venait
de terminer. Il écrivit une belle et
longue épître au seigneur Gonzalve,
et il fit partir le plus leste de ses
écuyers sur le meilleur de ses chevaux, pour porter le paquet à Cerdagne, qu'il rendait dépositaire de
l'autorité paternelle.

Dès ce moment madame d'Aran pria
moins le bon Dieu, elle oublia sa
Bible, elle délaissa sa tapisserie, elle
sourit à ses gens, elle caressa son

mari; son mari, aussi gai qu'elle,
répondit à ses agaceries. Des appas
qui pouvaient passer encore pour un
hasard supportable, et que trois épais
fichus dérobaient depuis des années à
tous les yeux, eurent pour lui les
charmes de la nouveauté. Les jésuites
n'étaient pas encore inventés; mais
on connaissait déjà certaine grâce efficace, dont la femme la plus réservée
fait toujours un certain cas. Madame
d'Aran avait la main très-belle; il est
des circonstances où le devoir conjugal peut s'étendre un peu loin, et
le comte se trouva enfin en état de
grâce. Madame d'Aran, bien sûre de
lui, le quitte, et va, les yeux baissés et
rougissant à demi, ordonner à sa
femme de confiance de préparer la
couche nuptiale, abandonnée depuis
quinze ans à la poussière et à son

chat favori. Il n'était pas impossible
encore qu'un petit frère ou une petite
sœur vînt dans neuf mois punir le
fougueux Mendoce, et madame d'Aran
caressait cette idée. Une fille surtout
comblerait tous ses vœux; elle ne ferait pas de sottises, elle lui tiendrait
fidelle compagnie, et la piété filiale
lui fermerait les yeux.

Le souper fut animé comme l'imagination des deux époux. Propos galans, petits soins, attentions fines,
tout fut mis en usage de part et
d'autre; les domestiques étaient émer-
veillés; d'Aran était étonné lui-même,
et madame s'applaudissait de son ou-
vrage. Elle se frottait les mains, qu'elle
regardait avec complaisance, et elle se
promettait *in petto* d'en faire quelquefois encore des instrumens de grâce
efficace. Enfin on se met au lit, dans
ce lit jadis le théâtre de plaisirs purs

et multipliés, et qui va l'être encore,
à la multiplicité près.

En effet, tout allait au mieux. La
bonne comtesse avait déjà été heureuse, le comte touchait au moment
de l'être, et sa laborieuse épouse le
secondait de son mieux. Tout à
coup........ crac, crac, crac........ une
des barres de la couchette casse, elle
entraîne le dossier; les deux colonnes
de la tête se brisent, les colonnes du
pied ne peuvent plus soutenir un ciel
de six pieds en carré, elles rompent
aussi. Les matelas étaient descendus
assez mollement à terre; les époux
s'étaient prêtés à une chute assez indifférente jusqu'alors, et le brave d'Aran
n'avait pas perdu les arçons; mais le
dossier lui tomba sur la tête, le ciel
du lit lui couvre tout le corps, et le
tient cloué à son poste; madame
d'Aran crie qu'elle étouffe, le comte

d'Aran crie qu'il ne peut faire le moindre mouvement; et comment remuer sous un ciel de lit de bois de noyer à moulures d'or, entouré de grosses verges de fer qui supportent huit rideaux d'un point de Hongrie d'un quart de pouce d'épaisseur?

Les malheureux époux continuaient de crier, et eussent crié jusqu'à extinction de forces et de chaleur, si un fripon de page, qui les avait servis à table, et qui comptait sur une scène comique, n'eût été, après souper, écouter à la porte de la chambre nuptiale. Le bruit occasionné par la chute du lit, et les premières exclamations du comte et de la comtesse, le mirent d'abord au fait; mais comment entrer, lui qui devait être couché à l'autre extrémité du château, sans déceler sa petite curiosité, et s'exposer à être chassé? Il était plus

simple d'aller avertir une des femmes
de madame, avec qui il n'était pas mal,
et qui trouverait peut-être un prétexte pour entrer chez sa maîtresse.
Il cherchait, en tâtonnant, la chambre
de sa belle, et sa belle, qui ne l'attendait pas cette nuit, s'était levée
doucement, et était allée au bout de la
grande galerie chercher un bel écuyer
qui ne pouvait la venir trouver, parce
que sa chambre n'était séparée de
celles des autres femmes que par une
mince cloison. Le page ne concevait
pas où pouvait être sa maîtresse à
pareille heure; il ne soupçonnait pas
qu'elle eût, ainsi que bien d'aimables
friponnes, l'art de mener deux intri-
gues de front. Il ne savait quel parti
prendre; il allait, il venait, et ses
maîtres suffoquaient, victimes de ses
irrésolutions. « Si du moins j'avais
fini, disait le malheureux comte en

haletant. Hélas! j'allais finir pour la seconde fois, reprenait la comtesse en mots entrecoupés : qu'il est dur d'être étouffés dans un semblable moment »!

Une demi-heure de plus , et ils l'étaient infailliblement; mais le Diable, qui aime les pages, leur souffle toujours quelqu'expédient. Le démon familier de notre espiègle lui suggéra d'aller mettre le feu à un tas de bourrées qui était dans le fournil, précisément au-dessous de la salle des pages. Il était tout simple alors de sonner la grosse cloche, de crier au feu, de mettre tous les gens sur pied, et de se faire un mérite d'avoir été le premier levé. A la vérité, ce moyen pouvait incendier tout le château ; mais le Diable ne donne pas un conseil qui ne soit une méchanceté.

Au tapage infernal que fit le page quand

quand il eut allumé ses bourrées, il eût réveillé toute une armée. L'un courait, son haut-de-chausses à la main; celle-là, en se couvrant un sein d'une main, découvrait l'autre; celui-ci, pour se cacher le derrière, démasquait le devant. On allait, on criait, on se heurtait, on ne s'entendait pas; les fagots brûlaient toujours; madame était toujours écrasée par monsieur, qu'écrasait à son tour le fardeau qu'il portait.

Quand le page vit que les femmes ne s'occupaient que de leurs tétons, dont la plupart ne valaient pas la peine d'être cachés, il courut lui-même à la chambre des maîtres, car enfin ce ne peut être un crime que de sauver son seigneur de la grillade. Lorsqu'il vit leur situation diabolique, il hurla, parce que personne ne l'eût entendu s'il n'eût fait que crier. Deux

ou trois valets vinrent, et mêlèrent
leurs hurlemens à ceux du page : en
un instant, palefreniers, écuyers, mar-
mitons, filles d'honneur, filles suivantes, toute la maison est dans la
chambre. Six hommes vigoureux en-
lèvent le bois de noyer, le fer et le
point de Hongrie. Monsieur et madame respirent; mais dans quel état,
grand Dieu, s'offrent-ils à tous les
regards! Monsieur, pour s'ébattre
plus voluptueusement, avait quitté sa
chemise de laine, et la honte empêche
madame de penser à sa position. Monsieur, enragé que le point conjugal pa-
raisse au grand jour, court comme les
autres par la chambre, et cherche de
quoi le couvrir. Il veut arracher un
juste, un fichu, une cotte, à quelqu'une des femmes; toutes se sauvent
devant lui; il les traite de folles,
d'imbécilles, et il ne réfléchit pas

qu'il est nu, et loin de cet état qui détermine quelquefois une femme à s'arrêter. Il continue de les poursuivre ; elles s'obstinent à le fuir ; il traverse une salle basse, il croit voir un vieux manchon sur le carreau, il le prend, remonte, s'approche de madame, applique le manchon au point central, et madame se lève brusquement en poussant des cris affreux, et elle se met à courir comme les autres, précisément dans l'état où était Eve avant qu'elle pensât à la feuille de figuier, mais n'ayant pas les cheveux aussi longs que ceux de la grande-maman du genre humain.

Le comte la regardait avec étonnement, et ne concevait rien à la conduite de ce modèle de chasteté. Il ne savait pas que ce qu'il avait pris pour un manchon était un hérisson qu'il avait saisi par la tête, et dont les pointes avaient chassé la pudeur jusqu'au fin fond de sa grotte rosée.

Lorsqu'on parvint à s'expliquer et à s'entendre, car c'est toujours par là que se termine le désordre le plus extraordinaire, lorsque chacun eût caché, tant bien que mal, ce qu'on montre avec tant de répugnance ou avec tant de plaisir, lorsqu'on eût humecté avec de l'eau-de-vie de lavande les piqûres multipliées qu'avait faites le bien innocent hérisson, on s'aperçut que le feu avait gagné la salle des pages. On s'empressa pour l'éteindre; mais comme on n'avait ni administration des eaux, ni pompiers, ni seaux de cuir, ni échelles pour les incendies, toute l'aile brûla, avec trente pauvres mules qu'on oublia dans l'écurie qui touchait au fournil, et tout le château eût brûlé sans doute, si les gros murs de l'aile incendiée,

déjà très-vieux et soutenus debout par
les poutres qui portaient les planchers,
ne se fussent écroulés d'eux-mêmes,
et n'eussent en grande partie étouffé
le feu. Il ne périt sous les décombres
que sept palefreniers. On donna de
petites pensions aux veuves de ceux
qui en laissaient, et on ne s'occupa
plus des maris, qui en effet n'étaient
que des roturiers, qu'on appelait alors
des *vilains*.

Pour le page qui avait sonné le
tocsin, à qui monsieur et madame
croyaient devoir la conservation du
reste de leur château, et à qui ils
devaient en effet de n'être pas morts
de suffocation, il fut élevé au grade
d'écuyer, et admis à la familiarité
du maître.

Cependant un lit cassé, un enfant
manqué, le papa contusionné, la maman lardée, une aile brûlée, etc.

étaient autant de présages funestes
auxquels s'arrêtait péniblement madame d'Aran, et qui furent justifiés
par l'événement. Le courrier revint le
lendemain du château de Cerdagne,
et rapporta que le comte, ami ardent
et esclave de sa parole, était parti la
veille pour courir après son gendre,
qu'il n'avait laissé chez lui que le
nombre de gens nécessaire à la garde
de son manoir, qu'il s'était réservé la
Castille neuve, jaloux de prouver son
zèle en cherchant Mendoce dans la
province la plus éloignée; et le courrier observa qu'avant qu'il eût pu le
joindre, le jeune seigneur aurait peut-
être pris congé du bon châtelain
Gonzalve.

Le comte d'Aran sentit tout cela,
et bien que moulu par son ciel de
noyer doré, bien que tourmenté par
sa jambe goutteuse qui le dardait fré-

quemment, il monta, en soupirant,
dans sa litière, et se fit porter à petites
journées chez Gonzalve; ce qui donna
le temps à l'ange Gabriel de répéter
tant que le jeu plut à lui et à la
brune Marie.

Vous avez vu comment Mendoce a
esquivé la férule paternelle, comment
le traître Trufaldin l'a suivi, comment
on se mêla d'abord pour rendre la
connaissance à la Vierge, et ensuite
pour avoir du plaisir; mais ce que vous
ne connaissez pas, et ce que je dois
vous apprendre, car je n'ai rien de
caché pour vous, c'est que le bonhomme Gonzalve et le sage d'Aran
avaient été tâtonnés par de jolies petites menottes qui s'étaient vite reti-
rées en trouvant une barbe épaisse,
un gros ventre, et un haut-de-chausses
vide. D'Aran, qui n'avait plus l'esprit tourné à la plaisanterie, criait à

Gonzalve de faire monter ses convives
à cheval ou à mule, et de les mettre
à la poursuite de son fils. Gonzalve,
qui ne se doutait pas que d'Aran fût
le père de l'ange Gabriel, et qui était
bien aise de profiter aussi des ténèbres, n'écoutait pas le seigneur catalan. Le seigneur catalan, las de crier
en pure perte, rentra comme il put
au château, appela en vain ses gens
et ceux de Gonzalve, qui tâtonnaient
aussi de leur mieux; il parcourut vingt
ou trente salles ou chambres; ne
sachant enfin à qui s'adresser, et
pressé du besoin de se reposer, il se
déshabilla et se coucha dans un lit
assez beau, après avoir poussé la
porte et fermé le pêne d'une serrure
saillante.

Gonzalve, beaucoup moins sage que
lui, restait dans la foule, tâtait partout, était bien reçu d'abord, et en-

tendait avec un dépit mortel la jeune
ou vieille déité s'éloigner de lui en
riant aux éclats. Jaloux de jouer son
rôle tout comme un autre, il glisse son
poignard dans son haut-de-chausses,
en fait passer le manche par la brayette,
et le fait prendre effrontément à la
première dondon qui se présente. La
dame enchantée ne pousse pas plus
loin ses recherches ; Gonzalve, très-
gascon sur l'article, veut que la méprise lui fasse honneur, il se nomme,
et pousse l'aventure à bout. La dame
se sent inondée au visage, aux cuisses, à toutes les parties nues, et ne
conçoit rien à cette immersion qui ne
devait pas être extérieure. C'est que
le bon Gonzalve n'était pas absolument maître de ses voies urinaires,
et certaine évacuation s'opérait d'un
côté, pendant que le manche du
poignard jouait au *remplaçant* de

l'autre. La dame trouve un pli de sa
robe chargé de quelque chose dont la
limpidité annonçait de la supercherie;
elle démonte son écuyer, et se sauve
dans un autre coin. Elle éprouve bien
quelqu'embarras dans sa marche, mais
elle l'attribue aux exercices répétés de
la nuit.

Un cavalier la saisit. Son menton
est à peine couvert d'un léger duvet,
ses formes masculines ont encore les
contours grâcieux de la jeunesse : il
couvre de baisers le plus beau sein du
monde, la nature et la force de son
imagination font le reste. Il culbute
sa donzelle, se présente en vrai brave,
recule, et court en criant partout qu'il
y a conspiration contre le sexe mascu-
lin, et que les femmes viennent de
se mettre des éperons......

Aussitôt tous les hommes s'arrêtent,
les femmes se relèvent et crient à la

calomnie. Les valets, qui craignent
d'être éperonnés par telle ou telle
comtesse, courent chercher des flambeaux ; l'ordre se rétablit aussitôt :
« Que diable! s'écria le chevalier blessé, je ne sais qui c'est, mais je n'ai pas
calomnié : si la dame est si sage, elle
pouvait se retirer de la foule, et il n'é-
tait pas nécessaire, pour prouver sa
vertu, qu'elle me fit une boutonnière
au ventre.

« Seigneur, lui dit Séphora, il est
possible que pendant que nous étions
dans les ténèbres, une de nos filles
suivantes............ — Je ne sais si elle
est maîtresse ou suivante, mais c'était
la septième à qui je faisais la cour, et
je me présentais assez bien à celle-ci,
pour qu'elle ne me jouât pas un tour
de cette espèce. La sixième, la septième, reprit Séphora d'un petit air
prude! vous avez rêvé cela, seigneur,

ou vous seriez donc le seul pour qui
on ait eu des bontés, ce qui n'est pas
présumable. Voyez si ces chevaliers
parlent de quelque chose. — Corbleu!
madame, s'ils ne parlent pas, c'est
qu'ils n'ont pas trouvé de femmes épe-
ronnées. — C'en est trop, seigneur
Gonzalve, on perd votre maison d'honneur; le combat à outrance, voilà le
noble moyen d'imposer silence à ce
malencontreux chevalier ».

Gonzalve aimait beaucoup sa vie
casanière; il ne s'était jamais battu,
et ne se souciait pas de commencer:
« Venez, madame, venez, disait-il,
que je vous parle en particulier ». Et
pendant qu'il la tirait à l'écart, qu'il
lui représentait qu'il était ridicule de
jouer sa vie contre un préjugé, qu'il
se serrait contre elle pour lui parler
plus bas, quelque chose d'aigu lui
entra dans la cuisse, et lui fit faire

un saut de si pieds. Séphora, déjà
intriguée par les plaintes du chevalier,
ne sachant à quoi attribuer le saut de
son mari, et se sentant coupable de
quelques peccadilles nocturnes, laisse
Gonzalve geindre, et prendre le parti
qu'il voudra. Elle regagne le château
clopin-clopant, monte à sa chambre,
tire sa clef, ouvre sa porte, la referme, se déshabille seule et sans
lumière, pour la première fois de sa
vie, et se jette dans son lit, espérant
trouver le repos dont elle avait tant
besoin. Un cri perçant part à ses
oreilles, un animal, quel qu'il soit,
saute par-dessus elle, et renverse tous
les meubles, en répétant vingt fois :
Je suis mort.

C'était le comte d'Aran, qui ne
connaissant pas la distribution des
appartemens, s'était fourré dans la
couchette de Séphora; c'était le diable

de poignard, dont la pointe lui était entrée dans la fesse, qui le faisait sauter comme un chevreuil. Séphora, plus étonnée que jamais de ce troisième accident, s'inspecta d'un tour de main, et trouva que sa difficulté de marcher, attribuée mal à propos à un exercice forcé, était l'effet de ce chien de poignard, qui s'était glissé là sans qu'elle sût comment. La présence d'un être quelconque l'autorisait à appeler; elle ouvrit sa fenêtre sous ce prétexte, mais son but principal était de jeter le poignard dans le fossé fangeux du château, sauf à laisser trouver les causes de tant de blessures par les gens qui ont assez d'esprit pour tout expliquer.

On avait conduit dans une salle basse le chevalier qui avait une boutonnière au ventre. Il jurait, pendant qu'on le pansait, que s'il connaissait la donzelle, il tuerait son père, son mari, ses frères, et tous les mâles de sa lignée. Pendant qu'il se répandait en menaces, on amena dans la même salle Gonzalve, qui traînait sa cuisse, qui ne pensait plus à son poignard, qu'il croyait perdu. Il était loin de s'imaginer qu'il l'eût planté à sa femme elle-même, qui lui avait paru bien plus séduisante lorsqu'il l'avait prise pour la femme d'autrui. Vous savez la chanson : *On veut avoir ce qu'on n'a pas,* *etc.* On était monté aux cris de Séphora, et on amena encore dans cette salle le malheureux d'Aran, tenant sa fesse à deux mains, protestant qu'il ignorait comment il avait été blessé, mais assurant qu'il n'avait vu ni armes ni éperons à madame, dont il se repentait bien sincèrement d'avoir pris le lit par méprise.

Tous les hommes se rassemblèrent insensiblement dans cette salle; chacun donnait son avis sur cette aventure; on déraisonnait à qui mieux mieux : Gonzalve voulut émettre son sentiment tout comme un autre : « Messieurs, dit-il, messieurs, je vois ici un miracle ». Le lecteur rit peut-être de l'idée de Gonzalve. Hé bien, monsieur le lecteur, ses auditeurs ne rirent pas du tout : c'était le temps où on commençait à faire liquéfier tous les ans le sang de saint Janvier à Naples, où on montrait en France la sainte Ampoule, que le Saint-Esprit avait incontestablement apportée dans son bec pour le sacre de nos rois; c'était le temps où on montrait ailleurs le prépuce de Jésus-Christ, et nous avons vu de nos jours le diacre Pâris faire des cabrioles dans le cimetière de saint Médard, sans avoir eu de long-temps l'envie d'en rire. Nos Aragonais ne rirent donc point, et ce n'est pas étonnant;

mais la première donnée de Gonzalve demandait des développemens qu'il s'empressa de donner : « Messieurs, reprit-il, c'est sans doute une œuvre méritoire que d'avoir représenté d'une manière sensible le saint Mystère de la Conception. Le ciel, touché de cet hommage nouveau, a voulu qu'à l'avenir madame fût pure comme la mère du Sauveur, qu'elle a rendue visible à vos yeux ; il a frappé et il frappera sans doute à l'avenir tous les hommes qui l'approcheront de trop près, comme il a frappé de mort subite les Philistins qui osèrent mettre la main sur l'arche sainte. Pour moi, je jure que dès ce moment je renonce à mes droits de mari ». Le bonhomme ne promettait rien que de très-facile à tenir.

Les uns s'écrièrent hautement que son explication était toute naturelle ; quelques mécréans, car il y en a par-

tout, doutaient un peu que le ciel lui-
même eût perforé un ventre, une
cuisse et une fesse, mais ils se gardè-
rent bien de dire ce qu'ils en pen-
saient, parce qu'ils savaient que des
chrétiens d'une foi robuste, mutilent,
brûlent, tuent ceux qui ne sont pas de
leur avis. Le chevalier donna pourtant
à entendre que Séphora n'était pas de
moitié dans le châtiment que lui avait
infligé le ciel, et qu'il concluait de ses
manières accortes qu'elle ne désirait
pas qu'il fût puni aussi cruellement.
« Comment donc, je le crois, reprit
Gonzalve ; madame est la douceur
même, et je suis sûr qu'elle est déses-
pérée de tout ceci. Pauvre petite mi-
gnonne, il t'en coûtera de renoncer aux
caresses conjugales ; mais, semblable à
l'église, tu abhorres le sang, et tu ne
consentirais pas à répandre le mien
une seconde fois.

Qu'arriva-t-il de tout ceci? que les chevaliers et leur suite s'en allèrent chez eux, après avoir épuisé les provisions du château; que d'Aran remonta dans sa litière avec une emplâtre au derrière, et retourna chez lui plus affligé que jamais; que Silvia abandonnée à elle-même, s'attacha exclusivement à Gonzalve; que Gonzalve, persuadé que nul homme ne pouvait approcher sa femme sans avoir un trou au ventre, renvoya ses duègnes, la laissa aller partout, et recevoir chez elle qui lui plaisait; que la petite femme, qui avait pris goût à la chose, renia sa patrone, et suivit le sentier battu par Madeleine pécheresse; qu'elle se trouva grosse sans que Gonzalve sût comment, ni elle non plus; car enfin, disait-elle, aucun de ceux que je vois n'a de trou au ventre, et c'était très-vrai; que Gon-

zalve enfin, persuadé que le Saint-
Esprit s'était encore mêlé de cette
affaire, attendit avec la dernière impatience la naissance de cet enfant,
qui devait être pape pour le moins...
mais cette fois la sainte Vierge accou-
cha d'une fille.

Il y avait de quoi dérouter la confiance la plus opiniâtre, et Gonzalve
ne voulut pas démordre de son opi-
nion. On se moqua de lui, et vous
vous en moquez peut-être aussi : hé
bien! tous les railleurs eurent tort,
cette fille fut cette fameuse papesse
Jeanne qui a fait tant de bruit de son
vivant, et qui fut cause, après sa
mort, que le pape nouvellement élu
est mis sur une chaise percée, pour
constater qu'il a en effet les pièces
dont il a promis à Dieu de ne se
servir jamais.

FIN DU TOME SECOND.

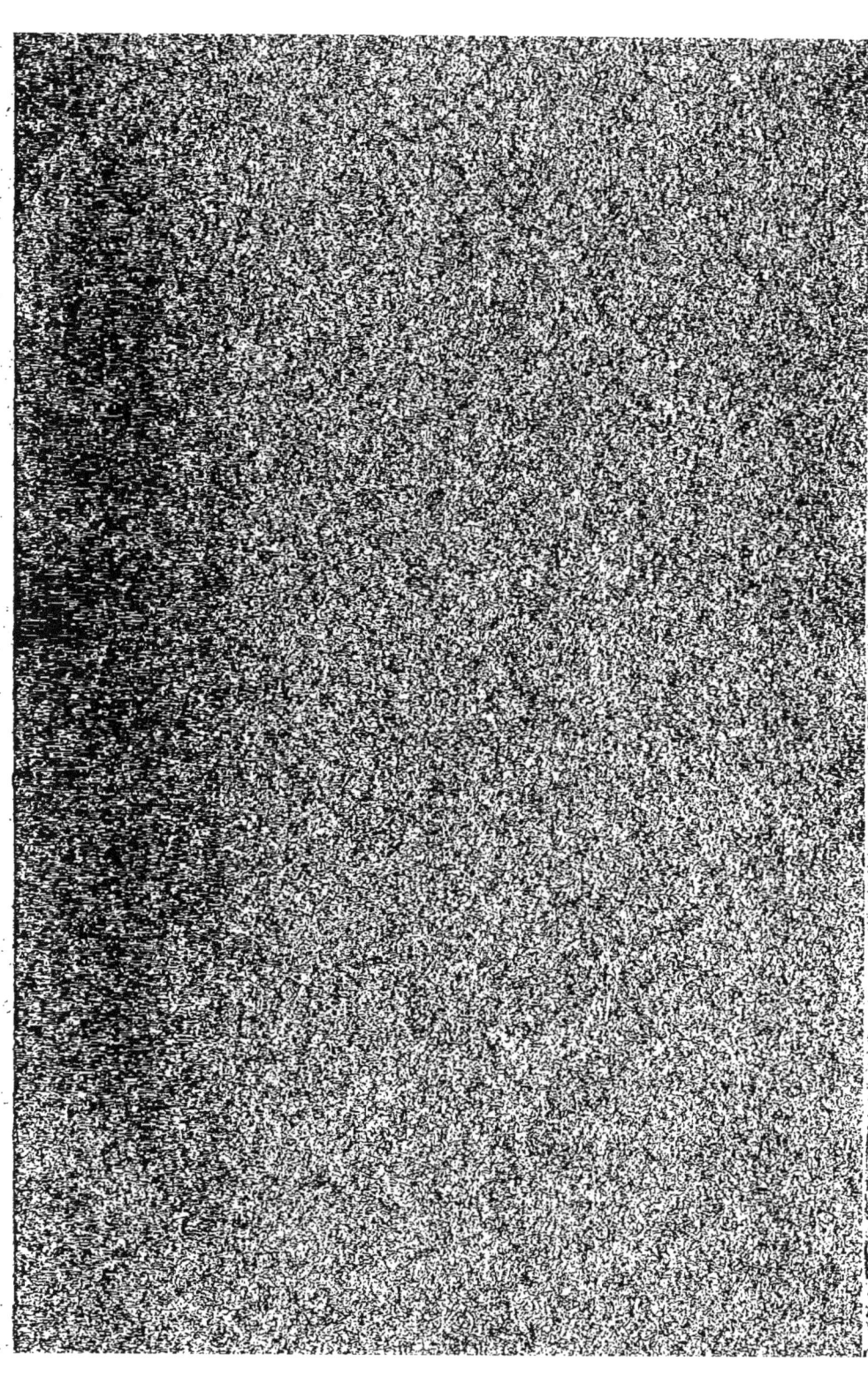

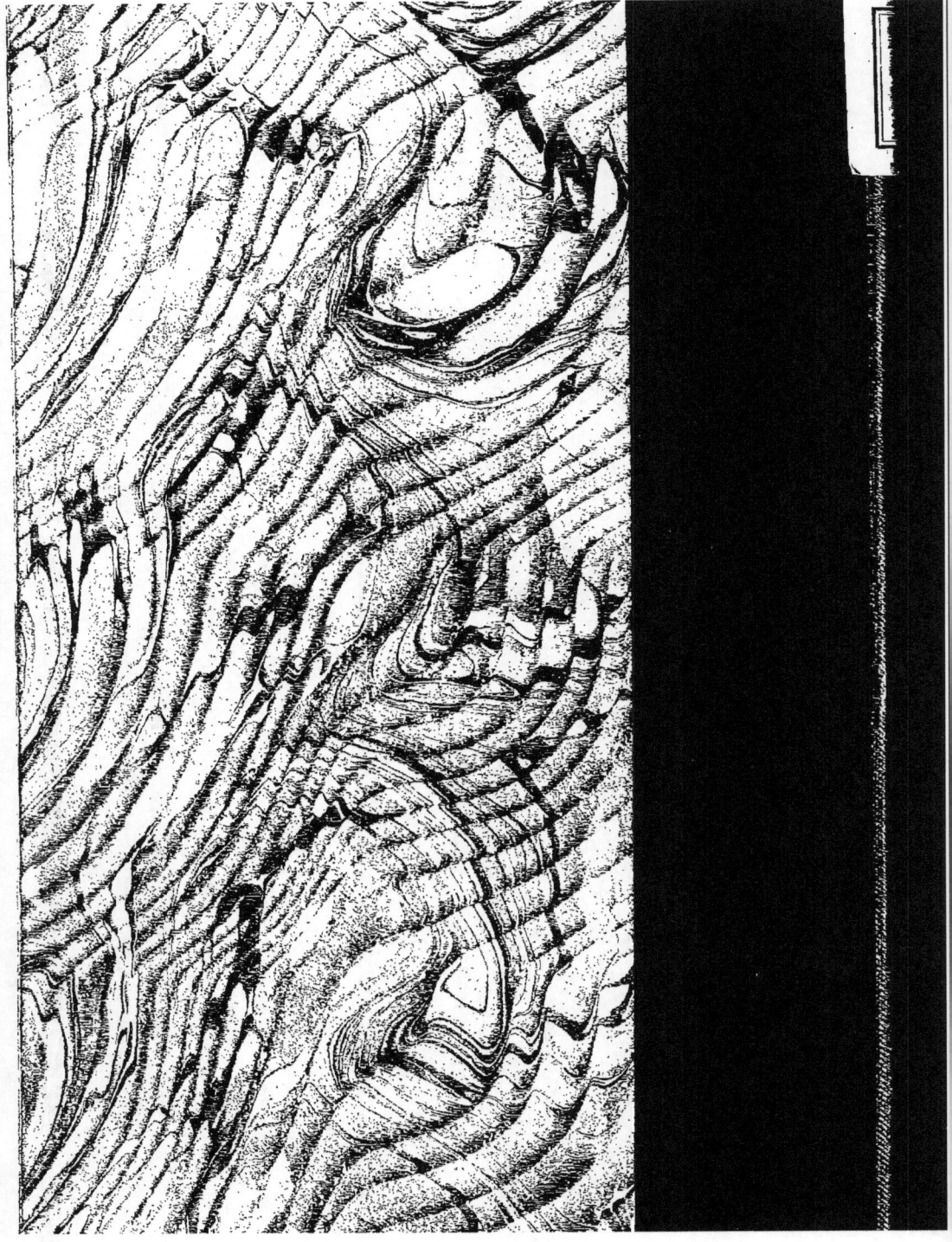